JN066494

私の女性詩人ノートⅢ

たかとう匡子

Essays on Female Poets III

Masako Takatou

思潮社

私の女性詩人ノートⅢ

たかとう匡子

思潮社

装幀＝井原靖章
切り絵＝井原由美子

目次

私の女性詩人ノートⅢ

新藤凉子

接近した連詩の魅力

　新川和江、吉原幸子を書いてきて、さらに詩史的な目で見たとき、季刊詩誌「現代詩ラ・メール」の流れのなかに新藤凉子が浮かび上がってくる。一九三二（昭和七）年生まれの新藤凉子は吉原幸子と同い年、白石かずこ、久坂葉子、石川逸子らとは一歳違いだから同世代、まさしく男性詩人より十年遅れてスタートしてきた戦後女性詩人のひとりだが、私が今までに書いてきたなかには新藤凉子のようなタイプの詩人はいない。異色も異色、人材そのものがユニークでじつに面白い。

　新藤凉子は父が満鉄に勤めていたので、一歳のとき朝鮮にわたり、以後、ハルピン、新京、奉天、牡丹江、大連と転々とする。満鉄の土木技師だった父は蒙古に百人以上の人を連れて給水塔の設計施工に行き、現場に立っていたとき銃で撃たれて殉職した。当時の、昭和初期の日本は、新藤凉子の生まれた年一九三二（昭和七）年に中国東北部に満州国という傀儡政権を打ち立て、そのため反日ゲリラの抵抗も激しさを増していたころで、それを匪賊と呼んでいたが、新藤凉子の父は民間人であったにもかかわらずその犠牲になったようである。そんなこともあって、彼女は一九四一（昭和十六）年日本に帰ってきた。その年の十二月八日に太平洋戦争が始まったのだから、俗に言う敗戦後の引揚者とは違う。

身を寄せた宮崎の父の生家というのは九州・日向の秋月藩の藩主で、学問の相手をしたり、示現流と神流の剣術指南役を兼業した武士であった。秋月藩というのは、もともとは外様の雄たる島津藩を見張る為に幕府が作った佐幕派であり、明治維新以来、何事にも取り残されて虚脱してしまった家柄だけに、直系の男子は文学好きのやさしげな気質があって、それが命取りとなって男子が育たない家風があった。そのために代々健康な養子が迎えられて家を保ってきたようだ。祖父もそんな養子のひとりだった。父はそういう猛々しさを極端に嫌って、もともとは文学を志していたが、先に述べたように家督を継ぐ前に亡くなってしまった。そこで思うのは、父が満鉄の設計技師であり、おまけに士族出身の子どもとして植民地時代恵まれた幼少期を過ごして感受性ゆたかにそだてられた新藤凉子にとって、帰国後の宮崎での暮らしは、居丈高で酒乱癖もあった祖父が「家、家」と言いつづける封建主義的な考え方の家父長制度を重んじるとあっては、おまけに敗戦を機に百八十度価値観のかわった時代にあっては、想像以上の大きな影響を受けたのではないか。それゆえに悩みも人並み以上であったに違いない。

果実はみのらなかった
わたしの血の
あゆみをとめるものはなかった
わたしの血は
わたしよりもふかく
時のふかみをつくった
もっともわたしが青ざめるところで
もっともわたしは強くなった
血のないところへさかのぼるとき
もっとも血は強まり
いのちを
ふりすてるほど
大地の闇のなか
わたしをもだえさせていった
わたしの血は息などしない
わたしの血は叫んだりしない
こよなくやさしいわたしの敵

死よあなたの雲の顔は
わたしを暁のほうへさしむける
そこでわたしはうたうだろうか
そこでわたしはもっともふかい
響きになるのか
そこでわたしははじめて
あゆみをとめるだろうか
いとしい敵よ
あなたのなかでわたしは
吊りさがる果実になるだろう
血のゆたかさが凍りついた
絶唱になって

引いたのは第一詩集『薔薇歌』から、冒頭の詩「果実」。私はこの一篇を、宿命に抗う自己生成のための、言葉をかえれば詩人誕生の画期的作品としてとらえたいと思う。血族の思い、血脈の〈血〉への思いを振りはらおうとすればするほどなお気がかりが募って、自分自身の存在への納得を強いねばならなかった。「わたしの血から／果実はみのらなかった」という冒頭は暴力性すら帯びた、読みようによってはきわめて挑発的で、私には内面に秘められたこの詩人の気性の激しさをも同時に語っているようにも思われる。しかも、その「わたし」の血はネガティブにとりあげられる。新藤凉子独特の情念と言ってもいいが、ここにあるのはむしろ絶望に近い感情、絶望感を歌っていることだ。「石」という詩に目を移そう。「わたしはひらたくなったこころ／はじめはおおきな河であり／うずまく涙であり／ながれてみがかれたちいさなひとつの／石でした／やすらぎのようなあきらめが／つくったやさしさの石」とある。つづく二連の「眼だけでわらうちいさな石」というフレーズからは、「わたし」は心から笑えない、けっしてハッピーではないという心情が読み取れる。印象としてはやっぱり暗い。さらに「言葉」という詩では、「強くはじけてのけぞったまま／墜ちてゆくそのときに／すべての傷のおもたさが／うっすらとあかく血のように濃くなって」とある。傷は痛みだ。「くらさにはじめてまじりあってゆくとき／愛していたものはみずが欲しいの／死んでゆくものは血が欲しいの」とあり、ここには不幸感と言ってしまっていいものが人生とからみあって出てきており、それは同時に内面の葛藤をも生み出している。この詩を書いた当時の新藤凉子は心情ひとつ、それ自体がテーマになっていたのではないか。

『薔薇歌』刊行は一九六一（昭和三十六）年、二十九歳のときだが、当然その五、六年前から書き続けてまとめたものである。二十代に入ってまだ間もない若い娘が、祖父の反対に抗って大学受験を理由に地方から単身上京し生きていくためには、それだけの覚悟と心的な苦労があったに違いない。栗津則雄は、「果実」の冒頭の二行「わたしの血から／果実はみのらなかった」を引用して、ここには「この詩集の主題が凝縮されたかたちで詰めこまれている」と言っている。士族出身という出自にしろ、戦後体験にしろ、ここでは古い桎梏とどう向き合うかが抜き差しならないテーマとしてあった。血脈が負の要素ととらえられていることに私は注目したい。粟津則雄が言うように、その詩集の主題を大胆にぽんと冒頭において詩の言葉として投げ出した、そういう意味では第一詩集から自我宣言として注目に値する詩集だった。ともあれ第一詩集『薔薇歌』は非常に恵まれた、いい形で世に出た。

新藤凉子さんは形象のない対象或いは自分の内部にはいっていってその中から声を出す。その声が詩作という道程をへていつの間にか形づくられる。一つのバラの花は彼女にとっては血の象徴であり血に形を与えバラにする。そうしてバラは第二の声をだす。

乳房が「血の壺」であるという激烈と普遍。新しい酒がここでは新しい器の中で新鮮に悶える。新藤凉子は槐多のような血だるまではない。たぷたぷ流れる血の抒情だ。

草野心平が『薔薇歌』にこの「序」を寄せたのもそのひとつ。私はここで草野心平の言う「自分の内部にはいっていってその中から声を出す」というところに注目する。当時は内的世界が大事にされた時代だった（今も大事なことには違いないが）。そこでそのことと関連づけて書いている。けれども新藤凉子がこの時点で「内部にはいっていって」いるとは言っていない。面白いのはつづいて「その声が詩作という道程をへていつの間にか形づくられる」と言っていることである。ということは、この時点で必ずしも内部意識を表現したのではないが、新藤凉子には表現する情念がたくさんあり、書きながら内部に入っていって世界を作り出すことを発見していく詩人だと、詩人としての資質を明確に提示しながら、さらに大きく飛躍していくに違いないと期待を寄せている。

そのうえで、恵まれたというよりびっくりするのは、このとき「出版記念会」に集まったメンバーの顔ぶれである。草野心平をはじめ、詩人では清岡卓行、木原孝一、上林猷夫、風山瑕生、野田宇太郎、村松英子、江森國友、堀川正美、山口洋子ほか。そして作家では吉行淳之介、源氏鶏太、檀一雄、高見順、丸谷才一、北杜夫、中村真一郎、奥野健男、十返肇、十返千鶴子ほか画家やカメラマンや文藝春秋社長池島信平ほかの編集者たち。また瀬戸内晴美や司馬遼太郎、黒岩重吾、三島由紀夫や水上勉ら、都合により参加できないからとハガキや手紙がたくさん届いている。関西ではとても考えられない。東京でも女性の第一詩集の出版パーティにこんなに豪華な顔ぶれを集めた人は当時いないのではないか。

そんなことを思いながら、上京した当時の新藤凉子の生活について見ていくと、大学を中退したのち、新宿区役所隣りの木造建築の二階に「レオ舞台衣装研究室」の看板を掲げている。その衣装研究室は映画会社「東宝」の下請けだったから、帝国劇場や新宿劇場、コマ劇場から役者や俳優の衣装などデザインの縫製の仕事はいっぱい来た。そこを辞めて喫茶店をやったら、そのころの知り合いが大勢来てくれたが、二十四時間営業だったから体が持たない。それで今度は夕方の六時から十一時まで、わずか五時間だけ開いている会員制の高級バーに転じた。それ以後のバーテンの一人に後の半村良、また山口淑子の妹も来てくれたという。詳しい経緯はともかく、いろいろ苦労はあったと思うが、一つ一つが単に雇われたのではなく自営業で、しかも機を見て転ずるというふうに独特な商才もあったようで、その大胆さにも驚くが、もともと明るくて人に好かれる女性だったのだろう。そして生活力旺盛、じつにたくましい。こういった来歴をバックボーンにおくと先の錚々たる文学者の顔ぶれも納得できる。夕方六時からの会員制の高級バーとあっては当然客筋も固定してくる。そこが文士たちの格好のたまり場となり、魅力的な若いマダムが詩集を出すというので盛り上がった。いささか下世話風な言い方になったけれども、そこでは詩集の内実が問われることになる。一途なモチーフがなかったならば出版記念会の顔ぶれひとつにしてもこれだけ多彩になるはずがない。こうなると、今、この文を書いている私自身、新藤凉子がまぶしくなってくる。はじめに異色も異色、人材そのものがユニークと書いたが、新藤凉子はなんとも言い難い迫力を持った女性詩人だ。『薔薇歌』は恵まれて世に出たと書いてきたが、恵まれるという例は世の中にはいっぱいある。しかしその幸運を生かせなかった人も多い。だから彼女のばあいも恵まれたように見えるけれども、恵まれた環境をつくったのは新藤凉子自身だ。それには自分に誠実に生きるということ、戦後社会にあって、いろんな仕事に正面からぶつかっていきながら、女性としても人間としても自立するにはどうすればいいかということが根底にしっかりあったからだろう。昭和三十年代は出版社も元気で、文学最盛期の時代でもあり、お金を存分に使いに来た人もあったろう。新藤凉子がそういった人たちとの出会いを生かすことができたのは頭の回転も早く、想像力の豊かな記憶力の優れた女性だったからに違いないが、それにしてもいい時代にむかっていたとはいえ、単身東京に乗り込んでいって、都会の雰囲気に馴染みながら、優れた先輩たちが集まっているなかで文学にも馴染んでいった。さまざまな空気を吸収する能力も持っていたからではあるが、そこをことごとく栄養源にできる女性はそうざらにいるものではない。

ここで第三詩集『薔薇ふみ』から、「曠野」という詩。

高粱畑を過ぎ　牧草地を過ぎ
赤い芥子の咲き乱れる群落を過ぎても
夏の草の原は
地平線の限りを続いた
太陽が昇ったあと
半日をかけて衰えた陽は
天と地のすべてを血のように染めて融けた
そのあとに月は曠野のうえを冴え渡る
もう三日もこの景色は変らない
毎日　地平線から太陽は昇り　陽は沈む

お父さん　いま
迎えに行くのよ
万里の長城を越えて
二千年をかけて造ったこの城壁を
たった九年しか生きていないわたしが
いま越えてゆく
万里の長城の二千年も
わたしの九年も
お父さんの生きた三十六年も
まぼろしのよう

先生がこわい顔をして
「……だからすぐに帰りなさい」といったとき
隣りの席の子が
わたしのお父さんでなくてよかった！
とつぶやいた　そのとき
わっ　と泣いたわたしだったけど

こんなに果てしもない広いところを見てしまって
こんなにも大きな夕陽に覆われて
わたしたちの　いのち
芥子粒より　小さい　とはじめてわかる
この天と地はなにもかも飲みこんでしまった
わたしが泣いただけじゃない
この国のひとはもっと泣いているよ
わたしたちのいのちは　永遠のなかの
一滴の涙のように　はかないのに
この美しい地球で人間が争いにまきこまれるのは
とてもむなしい
いつの日にか　この思いを
この曠野を　なつかしむだろう
わたしたちが滅んだあとにも
毎日　陽は昇り　陽は沈むだろう
お父さん　わたしは生きるよ

ひとしずくの血になって土に染みとおり
海に流れこむまで
わたしは生きる　生きてやる

さあ　わたしの血を選べ
汽車よ　汗血馬よ
すっかり小さくなった
父の　そばに

『薔薇ふみ』は一九八五（昭和六十）年刊。父が亡くなったとき、蒙古まで三日もかかって行ったのに、葬式はすでに終わっていて間に合わなかったという。この詩集はみずからの出生とか、満州時代でのこと、つまり生育歴、先に述べた血の系譜である士族の出身であることなど含めて私的経験をモンタージュしていく。広大な曠野を三日三晩ひたすら走りつづける列車、その中国の大地を横軸に、父への思いを縦軸にして語り口もまたいい。この詩集が出たとき新藤涼子は五十歳を越えている。そう思って読むと『薔薇歌』とは違って、自分を育ててくれた満州、幼いころの原郷へとその長い歳月があいだに横たわっていて、そのせいもあろうか、なんとなく牧歌的である。『薔薇歌』に序文を寄せた草野心平も中国が心の故郷だった。心平の「天」はまさに中国の「天」だった。

もちろんそれは昭和十五年ごろの広々とした、広大な宇宙を感じさせる中国の大地で、そこには黙々と生きている人間の魂がある。新藤凉子は五十歳になったとき、心平の「天」に共感を覚え、それが突然第三詩集になって出てきたのだとしたら面白い。

ところで最近の新藤凉子の仕事、とりわけ若い人たちと取り組んでいる連詩への熱の入れように は並々ならぬものがある。戦後詩では連詩などやっていない。新藤凉子は『からすうりの花』、『百八つものがたり』、『地球一周航海ものがたり』、『悪母島の魔術師』と、連詩を四冊も刊行している。これほどまでに新藤凉子をとりこにした連詩の魅力とはなにか、どんなメリットがあるのかと思うが、新藤凉子は詩集ではなく連詩で一冊の本にすることによって個人詩集にない顔を生み出している。私のように文学の基本は一人でやることだと思い込んできた人間は、連詩どころか舞台に立っての朗読もやらないできた。朗読という表現は聞き手に集まってもらわないといけないし、連詩という表現は人に付き合ってもらわないといけない。私がどちらもよくしないできたのは、一人で本を読んだり書いたりする方が気が楽な性分だったからかもしれない。

そもそも連詩は、五七五、七七と句をつなげていく「連句」を参考に、大岡信や谷川俊太郎らの同人誌「櫂」のメンバーが一九七一年に自由詩形、すなわち現代詩で始めたのが最初だと言われている。そして「連句」ではなく「連詩」と名づけて一九七九年に『櫂　連詩』が刊行され、一九九〇年代末から大岡信の出身地である静岡県で年一回開催の「しずおか連詩の会」がスタートした。新藤凉子の連詩の皮切りとなった一冊が『からすうりの花』で、吉原幸子が記憶と言葉を失うという回復困難な大病を患っていたときに、なんとか彼女の言葉を残しておきたいと思って加わってもらって、吉原幸子、高橋順子、新藤凉子の三人で成った一冊だが、一九九八年刊と言えば奇しくも「しずおか連詩の会」のスタートと同時期である。「しずおか連詩の会」の二回目に新藤凉子は出演している。

たまたま、私の手元に二〇〇〇年刊『四行連詩集　近づく湧泉』がある。そのなかで木島始が「四行連詩作法」としてこんなふうに書いている。

1　先行四行詩の第三行目の語か句をとり、その同義語（同義句）か、あるいは反義語（反義句）を、自作四行詩の第三行目に、いれること。
2　先行四行詩の第四行目の語か句をとり、その語か句を、自作四行詩の一行目に、入れること。

この1と2の規則を交互に守って連詩がつづけられる場合、最初にえらばれた鍵となる語か句が、再び用いられた場合、連詩が一回りしたとみなして、終結とし、その連詩の一回りの題名とすることができる。

なるほどここではこの決められたルールに則って四行詩でまとめるという制約のなかで他者の詩の言葉に触発されながら、自分の作品を作り、そして他者へとまわしていっている。冒頭は木島始と佐川亜紀だが、ふたりとも一行は短い。韻律、定型が頭にあって木島始は「四行連詩作法」なるものを作ったのだろうかなどと思い、連詩はこんなふうに行数を決めてするもの、必ず記名で行うものというのが私にあった。ところが新藤凉子の連詩は『からすうりの花』のように無記名のもあるし、行数についても頓着しないで、『地球一周航海ものがたり』では二十数行も書いてまわしている。長い行は四十字近くもある。この航海は二〇〇五年十二月二十六日から翌年の三月三十日まで高橋順子と車谷長吉との三人での船旅だったというから、同じ場所で共同の時を過ごしながら、自在に心を通わせながらの、まさに連詩のお手本となる一冊といえる。それにしても新藤凉子の連詩への嵌まりようは半端ではない。

ここで『百八つものがたり』のなかの、三木卓、高橋順子、新藤凉子の鼎談「連詩の楽しみ、連詩のたくらみ――連詩「蓬莱山のイコンをめぐって」」の新藤凉子の発言に耳を傾けてみたい。

大岡信さんと粟津則雄さんが「毎日新聞」で連載していた往復書簡が収録されている『ことばが映す人生』（小学館・一九九七年刊）という本がありますよね。そのなかに、「ハワイ在住のアメリカ詩人三人と連詩をしたとき、孤絶が常態となっている現代詩にも、こんな形をとった他者への信頼と呼びかけの形式がまだありえたのだと驚いて感謝された」という大岡さんの文章があるんです。私も連句や連詩をやっていて、あるとき、はたと気がついたんです。自分の心のなかにあった気持ちがはっきりとかたちをとった。「未来になんらかの希望をつなぎうる要素を現実に見出したい。過去を現在に呼び起こすのは、未来に希望をつなぐためにこそ」といったようなことを大岡さんは書いていています。今回、この三人で、連詩「蓬萊山のイコン」をやっていて、とてもよかったと思っているのは、まずそれをあらためて認識できたことです。

ここで言う「孤絶が常態となっている現代詩」に私がこだわってきたのには、現代詩というのは自由律で、フォームを作らないのに、なぜフォームを求めるのかといったことや、座を復活させることは定型詩の復活につながるのではないか、あるいは九〇年代になって現代詩が戦後のような勢いを失くし、切実なテーマがなくなってきたからではないか、個が熟成して伝統詩形の座に戻すのはいいが、そうでないとしたらどうなんだろうといったことがあったからだと思う。けれども新藤涼子はここで大岡信の言葉を援用しながら、未来になんらかの希望をつなぎうる要素を現実に見出すために連詩を書くのだとあらためて認識したと言っている。現代詩が行きづまりになったとき、俳句、短歌が気になり、座という概念が気になりだして、その流れのなかでアポリアを打開するには相手を引き受けていくという他者性が動いたのだろう。そういう制約のなかで新藤涼子のばあいは試行錯誤もしながらこういう形になったのだろう。そしてこれを率先してやり始めた。他者とのダイナミックな力学を思うとき、新藤涼子はその先駆けとなるだろう。

ところで草野心平と言えば、まわりの詩の世界をも面白く価値あるものにしていった詩人だ。同世代の新しい詩人たちを発見していった詩人でもあった。状況を見ながら自分と一緒に仕事をしていこうとする周囲へのまなざしがあり、宮沢賢治を発見したのも草野心平だし、八木重吉だって坂本遼、尾形亀之助、中原中也だって、世に出るのに草野心平は一役買った。石川善助が酔っぱらって死んでいったその最期を見たのも草野心平だった。ともかく、流派を越えたいろんな詩人に心を通じさせる、こんな詩人も珍しい。そして新藤凉子は第一詩集の序文が草野心平だし、心平の「歴程」だし、二〇二二年十月七日、亡くなるまでずっと「歴程」だった。戦後詩の世代の女性詩人で、早くに草野心平を見てきた人が、二十一世紀まで生き延びて元気にその「歴程」を守ってきたことに私は驚嘆する。と同時に『悪母島の魔術師』では若い、世代の異なる河津聖恵、三角みづ紀と組む。ここには新藤凉子が託そうとする詩の未来が見えるようだ。

あの帽子は
わたしがころんだすきに
波にのまれてしまったのです

ひろってください
帽子は波にのってただよっています
ほら
すぐ手のとどくところに

あなたが一生懸命
手をのばしたのはわかっています
今日は　海の水がおこっている日
あなたをさえ　波がのみこもうとしている
けど　おそれずに
あの帽子をひろってください

わたしが願ったのは
帽子をとりもどすこと
ではなかったけれども

この詩「遅い」は、草野心平、伊藤信吉、檀一雄、江森國友らの一行が宮崎の、新藤凉子の実家を訪れたときに、海辺で彼女のかぶっていた薔薇の花のついた帽子が風に飛ばされ、波に翻弄されていくのを草野心平が追いかけてくれたことがモチーフになっている。こんなふうに詩では個を徹底して自立させながら、連詩では個を消しているのも面白い。新藤凉子は個を消すことで新しい個を創造する。そこに現代詩の未来を展望する。女性詩人として今までなかったバリエーションを率先して作ろうとした、それが新藤凉子だ。

財部鳥子

腐蝕と凍結

たとえば私が東京にいたら、いろんな機会に多くの優れた詩人との出会いや交流があったかもしれず、それによって学ぶ機会は地方にいるよりはるかに多かったに違いない。もちろん、地方にいても書いたもので学ぶ手もあるが、会って聞くという耳学問も同じくらい大事。そんななかにあって、新井豊美には神戸震災後の一九九七年に出した私の詩集『ユンボの爪』に栞を書いてもらい、関西まで出版記念会にも来てもらったりして、私にとっては出会うことのできた数少ない詩人のなかのひとりだった。『近代女性詩を読む』で新井豊美は、新川和江や茨木のり子、新藤凉子や多田智満子、財部鳥子ら戦後世代の詩人たちの詩や、少し後の井坂洋子、伊藤比呂美、平田俊子ら若い詩人の詩をとりあげながら、二十一世紀を視野に、詩の未来への期待をこめて「日本の女性詩について――女性詩の五十年」を書いている。そのなかで「財部鳥子の詩は、旧満州に生まれ過酷な戦争をくぐり抜けた苦しみの体験を歳月の中でみごとに言葉に昇華させた」と前置きして、「曠野の果てから野犬のように風が走ってくる／と書いて　その言葉に好ましくないものを感じた／それがむだな修飾だったからだろう／暁暗の曠野を風ともつかぬ野犬ともつかぬものが走ってくる／これが最初の目撃を言葉にしたものだ」と「修辞の犬」の冒頭部を引き、そのあとに「財部の詩は、詩とは何かあるいは詩を書くとはどういうことかという難問へのひとつのすぐれた回答といえるだろう」と書いている。私はこれを読んで、この詩人が過酷な戦争体験を持っていること、そしてその体験をどうすれば詩の表現として作品化できるかにずっと苦しみながら取り組んできたことに共感すると同時に、神戸にいて空襲にも遭い大震災にも遭ってきた私にとって、ぜひ学ばせてもらいたい思いがこみあげてきたのだった。そんなこともあって、今私は財部鳥子という詩人と詩について書こうとしているのだが、そのきっかけをくれたのは新井豊美である。

財部鳥子は一九三三（昭和八）年、新潟県生まれ、といっても生後すぐ父の任地先である中国（旧満州）に渡り北方の佳木斯市で育った。日本の敗戦により、一年の難民生活で父と妹を亡くし、一九四六年に故郷新潟に引き揚げてきている。私より六歳年上だから、敗戦時は十二歳、私は六歳で国民学校一年生だった。私は空襲に二度遭い、二度家を焼かれ、三歳の妹を火の海に呑まれて死なせているが、その過酷な体験という点では財部鳥子に重なる。

つぎは詩集『わたしが子供だったころ』から。

いもうとは空色の服をきて

草むらに見え　かくれ
いもうとは顔のような牡丹の花をもって
あ　橋のしたを落ちていく
その　とおい深い谷川の底で
わたしは目ざめている
いもうとを抱きとるために目ざめている
あおい傷が
わたしの腕をはしる

はしる野火にまかれて
わたしもいもうともそこにいない
パオミイの林のなかの
大きな泣き声は　わたしではない
わたしは目ざめて
気づく
夢の巨きなおとがいに
いもうとを捨てたことを

もう戻れない
戻れない

「いつも見る死──避難民として死んだ小さい妹に」の一、二連。この詩集が財部鳥子の詩人としての出発点となるのだが、他国で日常茶飯事のように死を見てきた作者が、ドキュメント風ではなく、実の妹の死という実感をテーマに作品化している。「目ざめている」という語が三度使われているが、ここには今日生を享受している生者にとって、戦争の悲惨のために死んでいった人たちの死とはいったい何だったのかという、自己にむけての切実な問いかけがある。詩集自体は『わたしが子供だったころ』というタイトルだから、子供だったころの記憶が軸の、全体が原体験のうちに構成されており、どうしても書いておかないでは次へとすすむことができないという大事な、その点では詩に目覚めさせるための詩集となっていることがわかる。橋の下へと落ちていく妹を大急ぎで走って、深い谷川の底でうけとめる姉。妹がかかえている大きな牡丹の花は妹に手向けたものだ。夢と現実を交錯させて思いを綴る。当時の記憶についてはエッセイ「秋空」にこんなふうに書いている。

敗戦の年の秋、それが私の味わった最後の大陸の秋で、その年どんなことがあったかを思いだしてみれば、悲しみにくれなければならない。しかし、黄金色の秋は変わらず天地に満ちていて、人間のそれぞれの運命などには関わりがないのであった。
私たち日本人避難民は、九月のなかばに、それまで収容されていた綏化飛行場の格納庫から長春市へ移動させられた。当時十二才だった私が覚えていることは、なぜかとても断片的で、ところどころかすれている。駅までの道筋で、中国人たちに石をぶつけられたり、痰を吐きかけられたりしたこと。ハシカで高熱を出している子供を二人、誰かが縄でつないで駅まで引きずっていったこと。三才の妹もハシカにかかって熱のためにまっ赤な顔をしていたが、幸い母に背おわれていたこと。私と二人の弟はリックを背おい鍋やヤカンを腰にぶらさげて歩いていった。（略）それから毎日のように、ハシカで死ぬ子供を戸板に乗せて運んでは埋めた。こじれにこじれたハシカは粘膜を潰瘍状にして皮膚の内側から腐っていくのらしく、生きているうちから死臭がした。九月末になると、社宅に残っている幼児は妹だけになった。彼女も死臭がしていた。

財部鳥子は十二歳当時の記憶を語るとき、なぜかとても断片的で、ところどころかすれていると言うが、それこそはほんとうに正直な実感と言えよう。私も空襲の火の海のなかで、つないでいた妹の手がはなれたばかりに妹は燃えさかる火中へ転がっていって焼け死んだが、覚えているのはその一瞬でしかない。手が離れたこと、妹が転がっていったこと、恐怖でその場にしゃがみ込んでいたら、誰かが近くの防空壕に連れて行ってくれたことは記憶としてあるが、やはり断片的だ。戦後は今のような核家族ではなかったから、祖母や両親、周囲の大人たちが何かの折りに話すのをそばで聞いて追体験しながら自分なりの物語を作っていった。避難民という立場にあってもそのこと自体が当時はわかっていない。財部鳥子は「はじめての街に来て探検するところが沢山あり、忙しかった」とも言う。ソビエト軍の宿舎を覗いたり、新しくできた市場をぶらついたり、自分たちの収容所の見える陸橋を五、六人でふざけながら渡ったり、すれちがいざまに見知らぬ男から「食え」といって揚げたての油揚げをもらって食べたり、十二歳といえば探究心好奇心旺盛で遊びたい盛りで、何でもが珍しく、仲間がいればなおさら遊びにしてしまう。戦争の実体、ほんとうの意味などわかっていない。新藤凉子は「極限の状況におかれても、人間の子供というものは、大人が思うほど、深刻で悲惨なことばかりを感じているのではない」と言っているが、これは同世代として子供時代を生きた実感であろう。そういう意味では私たちも原体験世代と言われていい世代に属する。そして戦争に関するかぎり、その体験世代がいなくなるのももう時間の問題だ。しかし体験者と言っても、私たちは実際はそこに居ながらにして部分的に体験したのだから体験者と言ってもいいが、それだけで戦争体験世代としてはくくれない。厳密に言えば戦争という時代を記憶（思い出）に残す世代と言うべきか。

つぎの詩は、今述べた戦争という時代を記憶（思い出）に残す世代である福田美鈴の詩集『街』から、「八月に」の一、二、三連。

山々を覆う森林は深く　私は山裾に沿う崖道を歩いた

戦争で家を焼かれ　学用品の入ったリュックサックと防空頭巾だけを背に
信州の山奥の　かわいた道を一人辿った私の十歳
たまさかに行きあう　飢えのない目の哀れみと優越
みじめにおしだまった私の手に　野良に出る百姓がにぎらせた一袋の焼き米

谷川の水をすくって母を呼び　ほどこしの焼米を口に含むと
涙をこらえて歩きつづけた　あの十歳を生きのびて
——四十年という年齢に　たどりついた私

同じくこれは同世代の高良留美子『仮面の声』から「赤鉛筆」の全篇。

お手洗の扉をあけると
かたかたと音がして
一本の赤鉛筆が落ちてくる——
そんな不気味な怪談が
山のお寺にのこっていました

お寺には　集団疎開の生徒たちがきていたのです
あるとき誰かの赤鉛筆がなくなりました
そのころ　赤鉛筆は貴重品です
一人の女の子が疑いをかけられました

その子はやがて病気になり
とうとう亡くなってしまいました
その子を一番いじめた男の子が
お手洗にはいろうとして　扉をあけると
一本の赤鉛筆が　落ちてきたのです
かたかたと　音をたてて

山のお寺の住職さんが　戦後まもなく
わたしたちにその話をしてくれました
わたしもその子をいじめた一人です
だからいまも　お手洗の扉をあけると

一本の赤鉛筆が落ちてくるのです
かたかたと　音がして

福田美鈴は十歳で信州の山奥に疎開していて、野良仕事に出かけるひとりの百姓が一袋の焼米を「みじめに押し黙った」自分の手ににぎらせてくれた、その切ない思いを歌っている。詩の後半では母も登場するが、父は民衆詩派の福田正夫で、彼は一九五二（昭和二十七）年に亡くなっているから、このときはまだ健在だった。疎開派世代で食糧難の時代、いつもお腹をすかせていた。高良留美子も、村のお寺に集団疎開していた児童たちのひとつの事件として作品にしている。一本の赤鉛筆が紛失したこと、そのために嫌疑をかけられた女の子が精神的に苦しみ、挙げ句の果てに死んでしまったこと、戦時中の悲劇と言っていい。当時（戦争末期）は親戚などの疎開先がないばあいは国民学校三年生から集団疎開だった。一本の赤鉛筆がどんなに貴重だったか。食糧難と同時にモノ不足だったから、畑のものを盗んだり、人のものを盗ったりする子もいた。ほかにも茨木のり子の「わたしが一番きれいだったとき」は抒情詩だが、戦争期をバックに置かなければ成立しないし、同じことが滝口雅子の「鋼鉄の足」にも言える。ひとくちに戦後派と言っても、その詩人それぞれの経験、環境、時代の捉え方によってその表現は多種多様だ。表現（＝体験の作品化）と言えば、『街』は一九八四（昭和五十九）年、『仮面の声』は一九八七（昭和六十二）年に刊行されているが、思えば体験がほんとうに作品化するには、ときにはこれほどの多くの経験のあとの時間が必要なことをうかがわせる。リアルタイムというのは難しい。なんといっても作品は表現だから、そこに時間という魔を入れないと成り立たせにくい。そういう意味では「八月に」も「赤鉛筆」も戦後三十年を経ている。（といって、ないと言っているのではない。やはり原民喜などを忘れてはならないだろう。）

ここで財部鳥子に戻れば、彼女は新井豊美と二歳しか違わないから同世代だが、新井豊美は北川透の「あんかるわ」に投稿しながらラディカリズムに触れることで戦後詩をとおして時代や自分の体験を追体験していった。財部鳥子も詩を書こうとしたとき、戦後詩に遭遇しているはずだし、そうしながら幼年期の体験がよみがえってきて、詩を書くことで、戦争の意味を確認していったと私は思う。詩集のタイトルとなった「腐蝕と凍結」という言葉自体がシャープで戦後詩の典型を思わせるが、私は財部鳥子の詩を通読しながら、体験をどう書くか、追体験したことをどう表現するか、という思いにかられた。『わたしが子供だったころ』は、戦争の悲惨な体験の記憶が生々しいし、『腐蝕と凍結』はその戦争体験が下敷きにあり、そこを切り離して読むことはできない。といっても、身辺雑記的にはしていないし、その体験に寄りかかってもいない。現実と虚構のはざまを往来しながら、抽象化という手順をしっかり踏んでいるからこそ、どうしても断ち切ることのできない体験の重みがひしひしと読み手に伝わってくるのだ。新井豊美は財部鳥子の詩について「過酷な風景の腐食してゆく時間を耐え、時を凍結して結末を見届けること、それがこの詩人の戦後を内部からつき動かしつづけたテーマだった。財部鳥子の詩はこれらの難問を自ら担うことにおいて出発していったとおもう」と評した。

『わたしが子供だったころ』は一九六五（昭和四十）年、『腐蝕と凍結』は一九六八（昭和四十三）年刊だから、戦後二十年ばかり経ったころの詩集ということを頭に置いて読むと、財部鳥子の目の前には生きている現実があり、他国で父と妹を亡くして、避難民として放浪しながら引き揚げてきた、そんな不幸は二度と繰り返したくないという思い、そんな過酷な悲しい出来事はどんなふうに作品化すれば共有できるかという強い思いがあった。「昭和天皇崩御の一月七日、雨がちな朝、私は神田神保町の古書店街を歩いていた」で始まるエッセイ「昭和時代」では、「私の一家は財産のすべてと父と妹の命を失い、惨憺たる避難民だった。こんな非人間的な時代が昭和時代で、敗戦によってこのばからしさから脱出したあとも同じ昭和時代というのは何だか割り切れない。昭和は敗戦のあともずっと死んだように生きていて、天皇の崩御によってしっかりと生き返った。その日はとても不安だった。統制のいまわしさが堂々と復活した。それもテレビや新聞のせいで」と書いて締めくくっている。昭和天皇崩御の一月七日の、まさに六十四年間の昭和という時代が終わるその朝の財部鳥子の感慨である。昭和という時代のめまぐるしくも激しい移り変わりは日本の歴史上稀有であり、喜びも悲しみも他の時代に類を見ないものだった。

ところで財部鳥子は自分自身の昭和を辿り確認するために、そしてひとつの答えを見出すために、十二歳まで過ごした故郷（＝魂の故国）を訪ねている。

公園の砂地で人々は、煙草投げのゲームに熱中し、時のどこにいるのかを忘れていた。

砂あらしが吹いている故国の街では「わが家」は消えて門の台座に縁起物の大きな紅い鯉がいる。
龍門へ登ろうという儚い夢のなかでおどっていた。長さ二メートルはあるだろう。掌大の紅い鱗が目に痛かった。

門柱の板は「西林人民公園」と読める。
鯉がおどる新しい公園に「わが家」の便所だけが残っている。それは忘れがたい幻。人々はここを幻と知って用を足すのだろうか。
夜なかにはげしく踏み板の位置がかわり煉瓦がずれるのを知っているだろうか。

それでも街は水のように平静である。わたしが望むなら、犬の太郎を連れてあの道を曲がって散歩に行くことも、死んだ父宛の手紙をポストに投函することもできるだろう。人は年月よりかなり遅れて歩いているのだから。

ここに立つと、街のあそこやここに少し浮いてみえる建築や樹木がある。すでに幻と化しているものたち。

門の台座の紅い大鯉もすでに少し浮いてみえる。

そしてランドセルを背負った女の子。頬に汗疹のあるわたし。

公園でサンザシを売る男の顔の上に、楡の影は春夏秋冬……ちらちらと動いて、たちまち百年が過ぎていく。

わたしが去ればこの街は消える。


右の詩は十五篇から成る詩集『中庭幻灯片』から「おどる緋鯉」。詩集タイトルの「中庭」、「幻灯」を主題にしていて、そのあたりがよく見える。「わたし」は戦後の時間を経てふたたび生家であるジャムス市第一旅社を訪れた。ここは財部が子供のころ遊び呆けたという院子（中庭）だが、実際にその場所に行ってみると、「たましいの景色」によばれているのを感じたという。大改装中だったが、廊柱が散乱しており、木屑だらけの椅子に腰をおろすと、走馬灯のように十二歳までの、かつての思いが頭をめぐり、そこに引きずり込まれたのだった。かつての「わが家」は便所だけが残っていた。そこは「夜なかにはげしく踏み板の位置がかわり煉瓦がずれる」とかつての体験した過去が時空をこえてよみがえる。ほとんど灯りのない夜中の便所、煉瓦を積んでそこに踏み板を置いただけの、申し訳程度に囲いはあったかもしれないが、子供が夜中にひとりで用をたすのは恐怖そのものだったろう。それでも親と弟や妹、犬の太郎もいて、一緒に散歩したり、「わたし」はランドセルを背負って毎日当たり前のようにして学校に通っていた。財部鳥子はふたたび訪ねた「わが家」を前にして、敗戦によって避難民となり、数えきれない死を見たことが頭をめぐる。荒廃した街、日本に帰ってくるまでに見た殺戮の、生と死のはざまでの人間の醜さ、何よりも父と妹の死そして飢えなど、財部鳥子はいろんな思いに苛まれたろう。その体験の重みが長い歳月を経て、作品化され、財部詩と言ってしまっていい独自の詩の境地を生み出している。それにしても院子（中庭）の「門の台座に縁起物の大きな紅い鯉がいる。龍門へ登ろうという儚い夢のなかでおどってい
た。長さ二メートルはあるだろう。掌大の紅い鱗が目に痛かった」と歌われる台座におどる「緋鯉」に私は心をうばわれた。「赤」ではない「紅」なのだが、ほかにもこの詩集には「紅」がこんなふうに出てくる。

蓮の紅い花に付いて飛ぶ女　（「蘇東玻の舟」）

水の上に紅い寺を浮かべている見えない龍　（「龍」）

凍った糖蜜に包まれているのはサンザシの紅い実　（「糖葫蘆（たんふーるー）売り」）

夏は紅いふとんに風邪をひいて寝ている。　（「中庭幻灯片」）

「紅」は赤よりもっと鮮明な赤い色を言うが、「紅」を使うことによって色はイメージの内部に入ってきて、「わたし」の意識が確実に伝達される。「おどる緋鯉」では「掌大の鱗」そのものが紅い。その「紅」の掌大の鱗が敷き詰められた二メートルの緋鯉の紅色が門の台座のうえで跳ねている光景は想像するだけでもショッキングである。詩は一見して現実に訪れたかつての「わが家」、その前に立ってリアルに、詩の言葉は現実描写の体を成しているように見えるが、すでに「わが家」は虚構の家。銃撃戦で見た死体や無惨な強烈なイメージ、子供のころの重たい体験がモンタージュされている。これは「修辞の犬」の後半。

風は毛ものの匂いがする
風は得体の知れない毛をなびかせている
風は獰猛にぶつかりあう
風は赤児のまわりに渦まいて低くうなっている

風はその甘く柔らかいものを浚って走る

まだ夜は明けないから
犬はつむじ風のようにも見えたのだ
片付け切れない難民の死骸がそこに転がっているとしよう
犬より風のほうがいくらか「詩的」だろうか
いくらか自己救済になるのだろうか
結局　赤児は野犬に食われてしまうのである
そういう現実があるとしても
私は風と野犬を区別したくない
どちらも毛をなびかせて走るではないか

財部鳥子は初めにも書いたように、体験をどうすれば詩の表現として作品化できるかということにずっと苦しんできたと告白しており、私自身、財部鳥子のそこに共感したことで書き始めたのだった。詩は口語自由律で自由というけれども、散文と違って言葉をものとして考える側面を持つ。そこをふくめて現実を見つめ、現実を問題にしていく、これは抜くことのできないテーマである。けれども実際に書いていくとそこが本当に難しい。ベルクソンは意識の流れを言い、記憶の時間

（＝過去）は現在に参入する。過去は過去にあるのではないというが、まさにこの詩はベルクソンを適応させるとよく見えるのではないか。財部鳥子は実際に難民の死骸が転がっているのを見た。そして赤児が野犬に食われてしまうのを見た。この記憶の時間（＝過去の体験）をそのまま書いても詩の表現にならないと悟ったとき、過去ではなく追体験をどう表現化するかと考えたのではないか。過去と追体験は違う。追体験は表現の領域のものだ。この詩で「犬はつむじ風のようにも見えたのだ」というフレーズはこの詩が詩として成立するためのキーワードとなる。

財部鳥子は単体としてみずからを宿命的に生と死が共存する場所としたのではないか。生とは何か、死とは何かという問いかけがたえず付きまとってくる。生き延びたことで、その後の時代に立ち会うことになり、子供のころには見えなかったものを見ることになった。そして、かつての自分の、歴史の、刷り込まれたものについて改めて問うこととなった。鮎川信夫は「現代詩とは何か」のなかで、「われわれの誠実は〈詩を書く〉という一点にかかっている。いわば〈詩を書く〉ことによって現代に誠実たりうるのである」と言っているが、財部鳥子は体験をモチーフにそこを追体験しながら、想像力と強い意志力で「詩を書く」という一点に集中しながら作品を紡ぎだしていった詩人と言えよう。

高良留美子

現実をどう表現にするか

高良留美子は一九五二（昭和二十七）年二十歳のとき、学生の文化運動誌「希望（＝エスポワール）」に参加している。これは戦後文学者や自由美術の人たちにも協力してもらいながら、東大や東工大、芸大などの学生が集まって自分たちの世代の新しい文学、芸術、生活を作ろうとした文化運動だった。彼女はその前年に東京芸術大学美術学部芸術学科に入学しているから当然ながらここで美術を担当した。そして季刊だった「エスポワール」をなんとか月刊体制に持っていこうと戦後文学の講演会や映画会をひらいて資金作りに奔走した。そんなこともあって、野間宏や椎名麟三、安部公房、矢内原伊作、佐々木基一といった文学者たちともじかに接する機会を得た。またこのころ参議院議員だった母親の高良とみが、戦後まだ国交のなかった当時のソビエトと中国に行っているが、一九五六（昭和三十一）年には母親に同行して船でマルセイユを経由してパリへ行き、そこからは一人になってスイスやイタリアなどを翌年にまたがって旅行している。二十代の多感な時期のこの種の体験はおいそれと誰にでもできるものではないし、とても恵まれたものと言えよう。こういった家庭環境で育って、戦後民主主義にぶつかった女性だけに、何ごとにつけても自由に行動し、リベラルな考え方を持つに至ったのは頷ける。

高良留美子が詩を書き始めたのは大学二年、一九五三（昭和二十八）年の一月ごろだった。その五年後の一九五八（昭和三十三）年には第一詩集『生徒と鳥』を、さらにその四年後の一九六二（昭和三十七）年には第二詩集『場所』を出版。この第一詩集と第二詩集のあいだに詩論を書き始めたり、サルトルのポンジュ論「人間ともの」の翻訳をしたり、また関根弘の「現代詩の会」の会員となり、この会が解散するまで運営委員だったりした。「現代詩の会」の機関誌として発行されていた詩誌「現代詩」は私も当時購読し、神戸で毎月開かれていた「現代詩を読む会」にも参加していた。高良留美子は一九三二（昭和七）年生まれで私より七歳年上だが、一九六〇年反安保闘争の時代を私も共有している。この雑誌は「列島」系の関根弘や長谷川龍生が表面に出ていたが、反面、ジャーナリズム誌として市販もされ、大岡信ら幅広く、優れた詩人にも誌面を開放していただけに、まだ詩の世界にほやほやの私などはそこで得るものが多かった。また吉本隆明によって提唱された詩人の戦争責任問題など、文学と政治の問題についても活発な論議がなされていたと思う。高良留美子はそれに先立って詩や絵を書き始めていて、そこで「列島」のメンバーに興味を持ち、しぜんの流れでいわゆる列島系に近い位置をとったなかの数少ないインテリゲンチャ詩人のひとりと言っていいのではないだろうか。女性の文学者といえば、大正期になってやっと出てきた佐多稲子や平林たい子、林芙美子らがいるが、小説家であれ詩人であれ、本格的な知識人としての女性を見るまでには一九五〇年代を待たねばならず、なかでも詩人としてそのいちばん初めのところにいるのが高良留美子だと私は思う。といっても戦後詩以降は女性だからでは通らない。そういう意味では高良留美子は表現の仕事で、男性社会のなかにあってたたかうことになる。つぎの詩は第二詩集『場所』から同名の詩の冒頭。

場所――六月のために

土地は一枚の年老いた皮膚のように横たわる
それは地上の物体を自分のやり方でひきつける
樹木の根　木製のベンチ
枝からぶらさがっている葉っぱ
葉っぱはその柔らかい先端を地面に向け
空気に触れながら一気に自分を新らしくする
葉肉の示す密度ある質量と湿り気
土地のしつような　だがそれと知られることの少ない吸引力

もし何かが起るとしたら　この場所だ
たれさがってくる樹葉と　互いにはりついている土のあいだ
もし何かが始まるとしたら　この不定形の空間だ
追いかけっこ　抱擁　ひっぱりあい
すべてははげしいこと　単純なことだ
支配する過去がそれらの日々をぬりかためる
われわれの自由に手渡してよこすまでは

もし何かが起るとしたら……
しかし行為はすでに過ぎ去り　それは凝固し
生きようとした人間は声もなく解体した
うごめく繊毛や人工の爪がかれのうちに侵入して
かれを裏返した　かれが生きていた空間といっしょに
そしてかれを死人たちの土地　悔恨の空地に置いた
それらは解体したかれの肢体につきささる
そして呼吸し　ゆらめき　ゆるやかに生きのびる

土はしがみつく以外の執着をもたない
掘り起し　整地　樹木の侵入
加えられるどんな力にも従順だ
互いにくっついていること　触れているものを引っぱること――
どんな変化にも無関心だ
古い布　死んだ皮膚――
それは一粒の涙も　どんな欲望の思い出も保っていない
一つ一つの石のことも　その上に落ちた水のことも憶えていない

「あとがき」には一九六一年十一月十五日の日付があり、「これらの詩、ことに最近二、三年のあいだに書いた詩」と言っているから、時代背景は六〇年反安保闘争だ。副題は「六月のために」だし、この引用のすぐあとの連には「死んだ少女からも集めてきた視線の束」とあり、当然樺美智子だが、けっしてそこだけを歌ったのではない。つづく「あとがき」には「自分が物になる危険をおかして、物と自分とが入れ替る瞬間、対象が物になり、物がイメージになる瞬間をとらえようとしたこれらの試みは、この現実と、現代の詩に固有の課題がわたしに課した危険な試みであり、その現在までの成果が、その困難さとわたし自身の限界によってまだかなり不充分なものであるにせよ、わたしは自分が選んだこれらの賭けについて、少しも譲歩しようとは思わない。それはわれわれをとりまく現代のものと人間との関係のなかで、物への根源的な自由をとり戻そうとする試み、言いかえれば象徴主義・シュールレアリスム以後の詩の可能性の一方向を探るひとつの試みであった」とある。そのあたり、たとえば「列島」十二号の瀬木慎一の「リアリズムと内部世界」の一節「リアリズムというと、直ぐに、象徴や比喩をきりすてたさばさばしたものをおもい浮べがちであるが、反対に、わたしたちのリアリズムは、外部が内部の中に触発するさまざまの異常な表象をふんだんにつかみとるべきではなかろうか。木ならば木が、パンならばパンそのものとしてとらえられるのは、それと他の物との関係、現実との総体的関係が充分に明らかにされるときだとしたら、抽象操作はより大胆に行われてしかるべきだろう。そうしてこそ、現実が外部を内部の総体として本質的に表現されるにちがいない」など、読む会で熱っぽく語っていた先輩詩人のことなど思い出す。高良留美子はもっとも鋭くそのあたりを咀嚼した人だったろう。詩の言葉、詩の表現と外部世界との関係について書きながら、書くことで自分自身の納得を探ろうとしている。そう考えるとこの詩「場所」は高良留美子にとっての詩の原点、ここから彼女の詩の表現行為が始まる出発の大事な一篇だと思う。「もし何かが起るとしたら　この場所だ／たれさがってくる樹葉と　互いにはりついている土のあいだ／もし何かが始まるとしたら　この不定形の空間だ」というこの不定形の空間に注目したい。具体的には樹葉と土だが、土は動かない。しがみつくという執着以外の何ものでもないのに、樹葉については執拗なまでに言葉を尽くして語られる。樹葉とは何か。この樹葉については一九七三（昭和四十八）年刊の第四詩集『恋人たち』のなかに、「樹葉」という作品があり、そこでは「窓のすりガラスの上で　樹木は絶えず入れかわる影の厚みだ　街の奥行きのなかから繰り出されてくる風の織布が　窓ガラスのところに到達するとき　影はスクリーンの上で死滅しながらつねに繰り返される演技を披露する」と書いていて、それほどまでに高良留美子にとって「樹葉」は重要な言葉のようだ。そう思って読むと「樹葉」は「わたし」自身、私と置き換え可能な言語ではないかとさえ思えてくる。また「街の奥行きのなかから繰り出されてくる風の織布」は比喩の力を帯びており、頼りないがカーテンみたいになり面白い。二連、三連の最初の一行は「もし何かが起るとしたら」とか「もし何かが始まるとしたら」と仮定形で始めているが、この時点で現実にはすでに「起っている」、「始まっている」のだから、高良留美子はそういった変化の生じた外部世界を自分との関係においてとらえなおそうとしている。自分と世界とを対峙させることによって、世界（外部）から照射されることによって自分の表現を点検し、さらに文体や語彙やレトリックそのものをとらえなおそうとしているのだ。〈わたし〉を〈樹葉〉と置くことで、主語の用語法で詩を考えようとしている。抒情詩であれば「樹木は」の主語は「私は」としたかもしれないが、「私は」と置いたら平凡。「樹木が」とすることにより変わる。この詩には「われわれ」、「かれ」といった複数形と三人称が使われているが、「われ」を「樹葉」とすることで詩に変化をもたらそうとしたのではないか。高良留美子はエッセイ「言葉ともの――詩の言葉について」のなかでつぎのように語る。

わたしは物たちの現実を名づけようとしたというよりは、わたしとかれとの関係を言葉にすることで、わたしたちが共に押しこめられていた奇妙な閉塞状態、否定的な類縁関係を、変えることができると信じていたのかもしれない。かれらのうちにあるわたし自身の生と死を言葉にすることが、かれらとの別の関係、現存しない関係を予見することでもあるという、言葉のもつ二重の可能性が、わたしをひきつけていた。詩のなかでは言葉は、物たちの現実を映すばかりでなく、かれらとわたしとの現在とは別の関係を、非現実として映すことが可能なように思われた。そしてこのことは、言葉によってだけはじめて可能なことのように思われた。

高良留美子には「現実を映す」という現実があって、それをどう表現にするかという意識が色濃くある。そして現実をどんなふうにして詩の言葉として映しとるかを真剣に考えている。「モノの現実」とは平たくいえばリアリズム。リアリズム詩には事件詩もあり、事件がなくなったらどうしようもない。詩集『場所』はイメージよりも〈モノ〉を中心に据えて書かれていて、高良留美子はこのころ詩の表現法をめぐって言葉と果敢に格闘している。先にも書いたが「場所」にはサブタイトルとして「六月のために」とあるように、全学連主流派によるデモ隊の国会南通用門における機動隊との衝突を抜きにしては通用しない、あきらかにそれは事件だった。その死によって国民感情は昂揚していった。東大の学生たちが国会のなかになだれ込んでいったとき、当時の既成左翼はその人たちを名指しで敵の挑発を誘っているとかトロツキスト集団と言っていた。当時のことを私は今思い出しているが、まさにこれは事件だった。高良留美子は戦後意識を通すことで、あらためて戦後とは何かを自分に突き詰めて考えると同時に、方法としての「列島」を追体験している。詠嘆的感情ではなく、「モノ」を中心に据える、花鳥風月ではなく、硬質なイメージで詩を語る、当時関根弘や長谷川龍生が言っていた「モンタージュの方法」など、意識的に「列島」を追体験している。ところで、もうひとつ、高良留美子といえば、世界構造のなかで戦後アジア・アフリカの諸国が植民地支配を脱して独立する運動が起きたときから一貫して深い関心を持った詩人としての側面を見逃すわけにはいかない。その根っこには一九六六(昭和四十一)年、三十五歳で長女を出産し、母親となった体験がはたらく。〈モノ〉と〈子ども〉については、たまたま目にした「ラ・メール」一九九〇年秋号のなかで、詩集『場所』以後の自分自身の関心について、「社会的な物から社会と自然をふくんだ物へと移っていき、物のなかにより豊かな、人間的な意味(より生活的な象徴)を見出そうとしている。ここには、子どもを生んだ経験が、つよく反影している。外部の現実と内部の現実、外部と人間の肉体とが「対応」していることに気づいたことが、大きな動因になっている。たとえば「道」と「産道」とが対応しているとすれば、「広場」と「子宮」とは、対応している。あるいは対応しうるのではないか?」と、女性の目を通さなければ見えない視点が体験に則していねいに書かれているが、出産という女性の生理を体験したことで、〈モノ〉が自由に変わる瞬間、変容する瞬間を言葉、あるいは詩法でとらえようとした一九六〇年代の高良留美子がここにいる。つぎに引くのは同じく詩集『場所』から「やってくるもの」前半。

I

水煙をあげて
遠くからきみがやってくるのがわかったので
わたしは不安だった
きみがしっかりした岩盤に
たどりつけるかしらと思って。

きみは手足をばたばたさせていた
そこらじゅうに水を跳ねとばしていた
きみが通り過ぎると
小さなたくさんの水玉が
草の葉の上で輝やいていた。
道草を喰ったり　わき見をしたりしながら
きみはわたしたちの方へ近づいてきた。

裸かの手足を陽にさらし
はらはらしているわたしたちに
ときどきにっと笑いかけながら。

遠くから　きみがやってくるのをわたしは見ていた。
視線のとどかないところから
真夏のつよい日射しの方へ
きみは小魚のように勢いよく
狭い水路をさかのぼってきたのだ。

きみが上陸するための
しっかりした陸地がわたしの内部にできかけていて
そのためにわたしは揺れていた
陸地には新しい草が生え
澄んだ水が流れているはずだった。

やがてきみが　無事に岸に這い上ったことがわたしにわかった。

外の世界では木々が騒めき
人びとが影絵のように動いていたが
わたしは二つの世界の境い目で
目覚めている自分を知っていた。

2

〈それ〉がついにやってきたのは
きみが熟れきった果実のようになっていた
ある夏の日の夜明けだった
わたしは埃っぽい街を通り
風の騒めく部屋できみを待った。

生むことの歓びと言っていいだろうか。子が生まれてきたから〈母〉という存在になった。だから、〈母〉という存在は子があっての母だから受身であるはずなのに、「わたしは埃っぽい街を通り／風の騒めく部屋できみを待った」とあり、今から生まれてくる子にはひとりの人間として「きみ」と言い、人格を与えているし、自分もまだ母という存在になる以前から母親を自覚して「待つ」というのはいかにも高良留美子らしい。母と子の体面をリアルタイムで描くと同時に高良留美子が身ごもったのは、子供とそれにつながるアジアの問題だった。そのあたりについてはエッセイ「廃墟のなかから」（『現代詩文庫・高良留美子詩集』所収）で見ておきたい。

七〇年四月に第三詩集『見えない地面の上で』を思潮社から出版。この年の十一月に堀田善衛、島尾敏雄、大江健三郎、中薗英助、竹内泰宏らの諸氏とインドの首都ニューデリーでひらかれた第四回アジア・アフリカ作家大会に出席し、中央アジアのタシケント、サマルカンドを経て十二月に帰国し、現在にいたっている。

このインド旅行は非常に短期間の、義務に縛られた忙しい旅だったが、現在にまでひきつづいて、奇妙な効果をわたしに及ぼしつつあるように思える。アジアの問題は、子供を育てていたこの数年のあいだにわたしのうちに胚胎してきた問題でもあった。というより十代の頃から頭を悩ませてきた、そしてこの社会ではけっして実現されないことが次第にわかってきた女の自由というものが、現実にその最大の矛盾点である子供を産み育てるという行為を通して、〈近代〉によってはけっして解決されることのない矛盾として、アジアの問題と結びついてきたのだ。それはこれまで、宗教や神々のなかに〈永遠に〉吸いこまれるしかなかった、だが現代では大きな価値基準の基軸ともなりうる矛盾だと思う。

「列島」の人たちがやろうとしたことのなかに、インターナショナリズムがある。これは詩意識を日本語の問題だけではなく、世界的なものに向けていこうということだった。米ソが冷戦構造として対立しているなかにそのいずれにも属さない第三世界の人たちが自立へとはげしく胎動していく、そこに高良留美子の意識は向かっていく。そこには二十代のころの母親の影響もあるだろう。民族独立運動が起き、民主化の波が起きてきたときに、高良留美子は一貫してアジアの民衆の解放を考える目を持っていた。そして世界で起きている現実をどう表現するか、どう写しとるかを言葉の問題、表現の問題として真剣に取り組むことになる。子供を生み育てるという行為をとおして女の自由という問題との矛盾にぶつかったときに、アジアの問題は日本の家族制度と二重写しになった。女性だけにかぎって言えば、女性解放と言い、現在ではその問題は解決されているようにも見える。しかしほんとうにそうだろうか。結婚問題にしても親の言いなりにならなくてもいいよ、自由に恋愛をして自分の意志で相手を選んでいいよと言うけれども、実際に結婚してみたら、家と家のしがらみだった。姑と嫁との問題は戦後になってもなお女性に大きくのしかかってくる。高齢社会では現実問題として介護の問題があり、自分の親の介護と同時に夫の親の介護の問題もいやおうなしに女性が背負い込むことになっているのは周知のとおりである。選挙権だって、これは転がり込んできたからで、女性が勝ち取ったからではない。繰り返すようだが、戦後民主主義は女性解放と言い、恋愛の自由と言うけれども、〈家〉の問題はまだ根強く残っている。この問題は女性の戦後を考えるときに大事。ともかく女性問題は一般論から言えば遅れている。そこに高良留美子は早くからアジア・アフリカの問題を重ねていたのだった。日本アジア・アフリカ作家会議が創立したときはいちはやく会員となっているし、南アフリカの詩人マジシ・クネーネをはじめとするアジア・アフリカの詩人たちの詩を訳したり、アラブの現代詩の翻訳や日本アジア・アフリカ作家会議と川崎市の共催「アジア、アフリカ、ラテン・アメリカ文化会議」家族の分科会ではコーディネーターを勤めるなど、高良留美子はインターナショナルな目を持つことで、詩の主題のなかに政治の問題も入れていく。彼女には「言葉の芸術性と意味性をめぐって」という優れたエッセイがあるが、これについてはとりわけ政治の時代でもあった一九六〇年代にはいろんなところで論議された問題でもあった。意味性が突出すれば身辺雑記とか状況描写に陥るし、芸術性をおもんじるあまりに、極端な言葉遊びにまで行ってしまう。それではそこを統一すればいいのだが、簡単な問題ではない。その苦悩を高良留美子は厖大な詩の作品と評論、エッセイで語っている。どれだけ多くの言葉を費やしてもとうてい語り尽くせるものではない。これが彼女の実感だと思う。それにしても、出産育児という実体験から戦後の世界の現実にぶつかり、そこに内部意識を通すという、これは明確な「個」の自覚がなければできることではない。

一本の木のなかに
まだない一本の木があって
その梢がいま
風にふるえている。

一枚の青空のなかに
まだない一枚の青空があって
その地平をいま
一羽の鳥が突っ切っていく。

一つの肉体のなかに
まだない一つの肉体があって
その宮がいま
新しい血を溜めている。

一つの街のなかに
まだない一つの街があって
その広場がいま
わたしの行く手で揺れている。

引いたのは『見えない地面の上で』所収の、「木」という作品。のちに作曲されて合唱団によって合唱され披露された。第二次世界大戦の終焉とともに始まったアジア、アフリカ、ラテン・アメリカの独立の嵐は、一九六〇年ごろにはアジアだけで十五カ国が植民地支配を脱して新興独立国家になったと言われる。この詩は一本の木のなかに「まだない」と、まだにアクセントを置いた単純な比喩のなかに、これからますます進んでいくであろう若い国家の、若い未来に対する深い期待がこめられる。なかでも第三連には女性であることへの期待がこめられている。そんななかでかつて苛烈な植民地的支配と侵略をつづけた歴史を持つ日本の文学者たちにはとりわけ重い責任があり、高良留美子はそこで、みずからもまだないとおいとおい彼方を見つめて横一列に並ぶものの一人でありたいと願う、清冽で力強い詩だ。地球上のみなさん、それぞれがまだ見ぬ一本の木になりましょう、私たちは一本の木です、と呼びかけたかったのだ。第三世界に目をむけ、インターナショナルな視点で歌う高良留美子の詩の世界はいまとても大事だと思う。

滝口雅子

職能婦人と戦後の詩意識

滝口雅子は「荒地」グループと同じ世代。この世代の女性詩人はきわめて少なく、戦争期にあって銀行勤めをしながら家族を養い、貧乏暮らしに徹して、そのなかから詩を書いてきた勤労詩人であった石垣りんが二歳年下で頭に浮かぶ程度である。そこから半ダースばかり世代をはずすと、みずからの故郷であの過酷な水俣病に遭遇してしまったばかりに、その人たちの身代わりとなって『苦界浄土』を書いた石牟礼道子がいるし、朝鮮で育って、父親が日本の植民地であった朝鮮を統治する側の教育者だったから、敗戦で日本に帰ってきたとはいえ、その負い目を背負って生きることになる森崎和江がいる。いずれも茨木のり子と同じ旧制女学校世代。茨木のり子のばあいは勤労動員に狩り出されて、その勤労奉仕の最中に終戦を知ったという体験から、戦争によってかけがえのない青春を奪われたという意識で詩を書いた。そのなかにあって滝口雅子は一九一八（大正七）年に朝鮮で生まれて、女学校を卒業した一九三八（昭和十三）年には単身上京したと年譜にもあり、今私が述べてきた詩人のなかではいちばん年長になる。高良留美子はその著『女性・戦争・アジア』のなかで、「明治から大正、昭和にかけて、男性詩人たちの居並ぶ星座群はまことに華やかだが、女性詩人の数は少なく、なお埋もれたままになっている人もいると思う。女性詩の近代を総合的に見渡すことのできる地点にまだ立っていない。滝口雅子はそのなかで、戦後の女性詩のはじめに位置する詩人の一人として、また独自の表現世界をつくり上げている詩人として、早くから注目されてきた詩人である。その仕事は戦後の詩の世界に清冽な風を吹き送りつづけ、とりわけ女性詩人たちに多くの励ましや影響を与えつづけてきた」と紹介しながら、同時に滝口雅子には、異質なものや他者にむかってひらかれた心、ひらかれた姿勢があると言っている。そこで高良留美子の言う「戦後の女性詩のはじめに位置する詩人」としての滝口雅子について、その作品、作品行為、年譜などを手がかりに私なりに見ていきたい。

滝口雅子は一九一八（大正七）年、朝鮮咸鏡北道で生まれ、小学校入学間もないころには、既に亡くなっていた実母に次いで実父も亡くなった。それで七歳のとき滝口家の養女となったが、女子には学問は不要という養家の方針にしたがって上級学校には進学させてもらえず、裁縫や生け花の稽古に通っていた。一九三八（昭和十三）年二十歳になって、単身海を渡って上京する。当時の日本は日中戦争が日々深まりを示していたが、暮らしはまだ平穏で、二十歳ともなれば養家の方針どおり親の言われるままお嫁にいくというのは滝口家のみならず一般的な風潮だった。その点、自立する意志が本能的にも強くあったようで、注目に値する。ここでは私より二十一歳年長の、滝口雅子の職能婦人としての強い思いを軸に、今少し年譜（新・日本現代詩文庫『新編滝口雅子詩集』）で見ておこう。

一九三八（昭和十三）年　（二十歳）
五月、三ヶ月前から、通信教育で練習していた速記を仕上げるため、単身上京して世田谷の速記塾に入る。一週間後には鵠沼海岸に移り、そこで速記に明け暮れる一年を過ごす。

一九三九（昭和十四）年　（二十一歳）
速記の修了証書をもらって東京に出る。業界誌の編集、座談会の速記などの仕事をして働く。

一九四八（昭和二十三）年　（三十歳）
九月上京。厚生省統計調査部に勤める。一年九ヶ月後、一九五〇年六月、国立国会図書館三宅坂分室に移る。

この間、終戦の翌年には、京城から引き揚げてきて兵庫県の相生市に落ち着いた養父のもとに暮らし、そこでも手持ちの書物を玄関先に並べて貸本屋のようなことをしている。ここからはどんな状況下にあっても、自分で生きる糧を得たい、女性として自立したいという滝口の強い意識が伝わってくる。終戦から三年後の九月にはふたたび上京、厚生省統計調査部に勤めたり、国会図書館に勤めたりしている。戦中、単身上京し、速記塾に入り、速記に明け暮れた経験がもののみごとに生かされたのである。相生市に疎開していたとき、滝口は同じ土地に疎開してきていた人と結婚しているが、長くはつづかず離婚している。そんなこともあって、今後、単独者としてどう生きていくかは痛切な課題だったに違いない。
一九五五（昭和三十）年に第一詩集『蒼い馬』を出版しているが、これは詩集と同じタイトルの詩の全篇。

沈んだつぶやきは　海の底からくる
水のしわをすかして見える一匹の馬の
盲いたそのふたつの目
かつてその背なかに
人をのせた記憶さえうすれて
海底を行く一匹の蒼い馬
馬はいつから　海に住むか
背なかに浴びた血しぶきは
自分のものだったか
誰のだったか
何の気取りもなく　片脚で

からみつく海藻を払いながら行く
盲いた馬の目は　ひそかに
海のいろよりも
遠くさびしい藍色を加え
傷ついた脇腹からしみ出る血は
海水に洗われ
水から水へ流されて――

秋になると
海面にわき上るつめたい濃霧
そのとき　海底の岩かげに
馬はひとり脚を折ってうずくまる
つめたさに耐えて
待つことに耐えて

一九五五年といえば帰国してから十七年が経っていて、すでに三十七歳になっている。しかし、ここでうたわれている経験の核をなしているのは、おそらく二十歳のときはじめて海を渡って上京したときのことに違いない。もちろん十七年後の現実など思いもしなかったろう。そこにあるのは、何もしなかった、その失われたという喪失感。これを海底に馬を沈めて作品化するあたり、二十歳のときの日本へのひとり旅がかならずしも恵まれた向日的なものだけではなかったことがわかる。逆に読み手の私のほうからは、なぜ馬は滝口自身であり、自分を海に沈めて歩ませなければならなかったかと問いかけてみたくもなる。しかしここではもう私小説的な読み方は不要だろう。その馬は「盲いたそのふたつの目」、「盲いた馬の目は」とあるから目が見えない。また「人をのせた記憶さえうすれて／海底を行く一匹の蒼い馬」、「傷ついた脇腹からしみ出る血は」といったフレーズからは、その馬は軍馬に違いない。海を渡っていった軍馬は一頭も帰ってこなかったという戦後知らされた事実を重ねるとき、今も海底をさまよう馬のイメージを喚起させ、そこに戦後の時間にあって、詩を書く滝口雅子の立ち位置が明確に見えてくる気がするが、逆に体験に即するとき、体験と戦後意識の重ねようが不透明になる。この思いは「兵士たちは」という詩においても言える。「(はばたいていた自分たちの生を／　その未知なものを返してくれ)と／地上に延びてもの云いたげな彼らの手／電柱よりも数多く／葦のそよぎよりも切なく／／ひどくきしむ手押車にのって／車をまわすその手も　しまいにしびれて／ふいに消えていった彼ら／そのはるかな生の国ざかいは／今もあたらしい血の色に光る──」と各連五行で二連構成だ。しかし遠い異国の戦場で死んで行った兵士たちの気持ちは、この詩で歌われているような「もの云いたげ」とか「切なく」、「ふいに消えていった」という、はかなげなものではなかったのではないか。鮎川信夫に「兵士の歌」という詩があり、「兵士」という語は原体験に即して、圧倒的にリアリティを持つものになるが、滝口雅子の経験に即するかぎり、「兵士」というイメージがどうして出てきたのか、切実感が伝わってこない。この点、もしあるとすれば、これも高良留美子が言っているとおり、この世代における日本人の生き方としても根本的に異質なものとして見る必要があるだろう。

私は滝口雅子についてここまでこんなふうに書いてきたが、にもかかわらず戦後の女性詩人として詩史的に見たとき、どうしても彼女を外すことができないと思った。戦争期にいながら、戦争体験は稀薄だし、戦後詩の持つ痛みも実体験として特に持っているとは思えない。にもかかわらず滝口雅子は独特なバイタリティでそのあたりを戦後になって身につけていった。追体験することで、高良留美子が言うように独自の表現世界を作り上げていった詩人だからである。そういえば、北川冬彦の「時間」（第二次）で一年ほど書いていたし、平林敏彦の「詩行動」に二年ばかりいて、この『蒼い馬』刊行の一年前から関根弘の「現代詩」にいて、その編集事務を手伝っていたというから、「列島系」あるいは「新日文系」の詩人たちとも交わることで、戦後になって、これらの戦後詩人の詩意識を媒介にした方法的な側面をふくめてみずからの詩意識を身につけていった詩人と言っていいようにも思える。つまり、そこから戦前戦中の時代におけるみずからの経験を相対化することに成功した詩人とは言えないか。

平林敏彦『戦中戦後 詩的時代の証言』のなかに、『蒼い馬』刊行以前の滝口雅子についてのつぎのような証言がある。

五一年の十二月に「詩行動」が創刊された。粟田勇に連れられて、夏頃金太中と柴田元男の家を訪ねたが、粟田は「詩行動」に入らず、結局金とわたしが入った。平林敏彦、柴田元男、森道之輔、難波律郎、中島可一郎、児玉惇、滝口雅子、みななつかしい名だ。

滝口雅子と出会ったときの驚きもよく覚えている。（略）戦争末期の四三年、故郷を捨てて来日した彼女は、たまたま書店で見つけた詩誌「詩と詩人」に投稿した作品が掲載されて同人となったのだが、実はぼくも一時期、そこに詩を発表していたことがある。滝口雅子は本名で、理由は不明だが戦時中の彼女は桑原雅子という筆名を使っていた。たまたまぼくは戦争末期の「詩と詩人」を調べる必要があって、新潟県立図書館からコピーを取り寄せたが、その中に恐らく彼女にとっては最初に掲載された詩と思われる作品「死んではならない」が載っている「詩と詩人」四三年七月号があった。右も左も紋切型の愛国詩、そのとき彼女はどんな詩を書いていたか。

波の荒い玄界灘の彼方／冷たく碧く澄んだ北鮮の空に／いまあなたの生命の虹がかかる／／死んではいけない死んではいけない／／まだ桜の咲かない寒い季節／雨が陰気に降りこめて／私は激しい涙がこぼれてならない（略）

平林敏彦は右の詩を紹介したあとで、この詩についてさらに「死なせてはならない相手がだれなのか定かではないが、国じゅうが天皇制ファシズムの重圧に喘いでいた時代にこのような詩を発表する勇気を持つ者はまれだった」と言っている。初めにも書いたように滝口は幼少時、朝鮮で実父母と死別。終戦の一年前に義母とは京城で死別。そして六年生のとき一緒だったA君がのちに召集されて二十一歳のとき北支で戦死したとわざわざ年譜に書きとめずにはいられなかったほど、滝口雅子にとって死への思いは身近な、つまり個人的体験にあるものとして、人一倍重たいテーマだった。そういう意味では時局がどうだとかいうこと以上に人間の命は普遍的に大切で、そのように読みとると、「死んではいけない死んではいけない」という思いにはそのまま今日に通じる切実感がこもっている。この詩は戦前の一九四三（昭和十八）年、二十五歳の作品だ。平林敏彦の言うように、当時の時代背景、時代思想などを思えば、ふつうはなかなかこういうことを書く勇気が持てなかったと言えるだろう。注目に値する詩だと思う。

さて『蒼い馬』から五年後の一九六〇（昭和三十五）年、反安保闘争のさなかに滝口雅子は第二詩集『鋼鉄の足』を出版している。

鋼鉄の足

空の青い光が
自分のものだと

気付くひまもなかった
干にしんのように硬直して
死んでいった若ものたち
何かが　ふいに
人間のいのちを刺しつらぬいた　その日

記憶は生きている
見えない眼に
膿のようにひろがりしみるその日
何かが　こめかみをつらぬいたその日
不自由がやってきたその日
瞼を花のようにそめるやさしさが
遠ざかっていったその日

その日から歩いている
腰をずっくりと冷やして
脚に鋼鉄の重みをくくりつけて

歩いている
石だたみにつっかかり
前のめりになって

「蒼い馬」では自分自身を海の底に沈めて軍馬にだぶらせ、帰ってきたけれども帰ってきていない、日本列島に帰り着かないまま、玄界灘の向こうを彷徨っているという思いが濃厚だった。ところがこの詩になると、「脚に鋼鉄の重みをくくりつけて／歩いている」がゆえに、帰ろうとする意志に反して脚は前に行かないという。石だたみにつっかかったり、前のめりになって脚は思うように動かないというのだ。この意志（＝願い）と現実（＝行為）との差異、あるいは隔たりが『蒼い馬』との比較において見たとき、より具象的に表現されている。というのは、ここで滝口雅子は具体的な対象物（＝書きたい素材）をいったん頭のなかで解体し、そこをしっかり摑んで作品化するという詩の抽象作業を通過させ、さらにもう一度内部をくぐらせて具象的に組み立てるという手だてを経るという表現法を会得したのではないか。この詩集は第一回室生犀星賞になっているが、この賞をもらったことで室生犀星と面識している。犀星の抒情詩にも憧れたろう。しかしそうはならずに滝口の詩は意外とリアリズム詩である。考えてみれば一九五〇年代、六〇年代は時代が揺れ動いていたとはいえ、女性はまだまだ封建的社会のなかにいて、女性の社会的地位、家庭内での地位は少しも変わっていない。そんな状況のなかにしっかり軸足を置いて書いていた職能婦人としての滝口雅子だから、室生犀星に憧れていて、受賞をきっかけに時おりお宅にも親しく出入りすることになった。とはいえ、犀星の抒情詩にいかなかったのは、むしろそれが自然であった。

これは同詩集所収の「屠殺場で」。

逆さまにぶら下った牛ののゝどから
血があふれる
ざあ・あ・あ・あ――
音を吸いこんであふれる
コンクリートの床を染めて
ひろがる血のいろに
女のつめたい横顔がだぶる
紅い帯をきりきりと
腰に巻きしぼっていって
いのちの値をちょんと引きぬく
物質だけが残る

瞼に　人間の手がかかると
脚が横倒しになる
恐怖の速さで
つぎに　ゆっくりと
脚がふるえてえがく半円
一日に四百頭がえがく脚の半円

天井のレールをすべって
肩にぶちあたる肉
ぶあん
ぶ厚い脂肪の弾力と
血のにおいのなかで見失う
愛とか悲しみというものの実体
いのちをなくして恋人が
交歓する

屠殺待ちの小屋に夕陽がさして

去勢牛が交尾した

今では牛の眉間に電気銃で電気ショックを与え、痛みがないように一瞬で意識を失わせて屠殺するそうだが、この詩のころはまだ撲殺という時代のことだろう。「死んではいけない死んではいけない」と歌い、『蒼い馬』では生と死と愛、とりわけ死の意味の洞察など、自分の人生、生活に重ねながら書いてきたのに、ここでは牛といっても、同じ命ある生き物である。命の重みという点では人間だって牛だって同等である。滝口は残酷に殺されていく過程を醒めた目で凝視して書いている。といって、滝口雅子はこんな残虐な方法で牛が屠殺されることをけっして容認しているわけではない。おそらく滝口雅子が意識していたのは、外部をとおして内部を描くというリアリズム詩への模索に近いものだったのではないか。事実そのものが持つ「屠殺」という残酷性、その衝撃を視覚的に、即物的に描きながら、単に客観的な風景として描いてはいない。倒されている牛も、肉になった牛も内部のものだ。状況や人間の心理が暗示的に立ち上がってくる。

『日本の詩歌27　現代詩集』（中公文庫）のなかに滝口雅子は入っていて、ここで村野四郎は「この詩は、血の屠殺場のむごい光景を現実的に目撃しながら、そこに「男」にさいなまれる「女」の酷さと悲しみのイメージをダブらせている。「紅い帯をきりきりと／腰に巻きしぼって」愛のない男の性欲に殺される女のむごさと哀れさとが、横倒しになって空間にもがく牛の脚の光景と入りまじっている。また運ばれる牛の肉や、ぶ厚い脂肪の弾力や、血のにおいの中には、もはや愛も悲しみもありはしない。しかし、そこにも命を失くして交わる女体の虚しさを見ているのだ。この詩は、文章的には、ところどころ独断的な表現があって、イメージを不明確にしているが、どこかに、肉体だけの交わりに引き裂かれる女の苦悩と悲哀とが、屠殺場の血の中に感じ取れるように描かれている。また、最後の二行の部分は、あたかもこのモチーフに追い打ちをかけるかのように、愛と実りのない男女の交わりを、「去勢牛」によって暗喩しようとしている」と解説している。

作品からやや横道に逸れるが、私はこれを読んで、興味は村野四郎の女性観にもかたむいた。とりわけ「男の性欲に殺される女のむごさと哀れさ」とか「命を失くして交わる女体の虚しさ」、「肉体だけの交わりに引き裂かれる女の苦悩と悲哀」、「愛と実りのない男女の交わり」というが、この解説は、男と女の性の関係において「男の性欲」のなすがままに「愛と実り」もないまま身をゆだねている、それが女性だという認識を下敷きにして成り立っている。たしかに滝口雅子は女としての哀しさ、悔しさをこの詩ににじませているが、ここには戦前戦後をとおして女ひとりで職能婦人として生きていく女の、というより滝口自身の、血がにじみ出るほどの生きざまの、痛々しいほどの戦い、男社会にあって、どんなに歯を食いしばって頑張っても、女を揶揄するように言われた後家の突っ張りという、当時世間から陰口でささやかれたこんな声がどこからか聞こえてくるようだ。その意味で私は村野四郎とは逆に、最後の二行はわかりにくい。去勢牛の交尾という比喩が実感として伝わってこない。

はじめに私は、滝口雅子には切実な戦争体験、空襲体験は実際問題として稀薄だと書いたが、列島系の詩人と出会うことによって、しっかり相互影響を受けていった。そして戦後を追体験しながら、批評の問題や、社会構造で考えていくことを学んだ。戦後の時代を追体験することでその時代を反映した詩を書いたということは、軸足がしっかりしていたからだと思う。鮎川信夫らより年長の女性詩人で、一貫して職能婦人として詩を書きながら、その詩を自立させたという意味では、まだまだ女性の詩としては未知の時代が残されているように思う。

日高てる

モダニズム誌「爐」からの出発

私は長く神戸に住んで詩を書いてきたが、神戸と奈良ではどこか近いようで遠い。関西で地元、と思ったとき、日高てるが浮かび上がった。戦前からずっと奈良に住みつづけたモダニズム詩人として、大先輩でもある日高てるのその位置をいまここできちんとしておこうと思う。

日高てるは一九二〇（大正九）年生まれ。石垣りん、三井ふたばこ、新藤千恵らと同い年である。日本現代詩文庫『日高てる詩集』（土曜美術社）の年譜にはつぎのようにある。

一九四〇（昭和十五）年、二十歳　奈良県立女子師範学校（現在の奈良女子大）卒業。

一九四六（昭和二十一）年二十六歳のとき四月に「爐」九三号より活版印刷となる。

沖積舎の『日高てる詩集』をみると、この「九三号より活版印刷となる」、そのあとにつづいて、九三号には作品「夜」を発表しているとあり、九六号「にほふ夜」、九七号「さくら」、九八号「灯のもとに」、九九号「秋夜」、一〇〇号記念号には「めきしこの蕊」というふうに、一九四九（昭和二十四）年に第一詩集『めきしこの蕊』刊行に至る、九三号以後の作品経緯が詳しく書かれている。『めきしこの蕊』は一九四五年から四九年に書かれた作品によって編まれているのだが、そうすると、一九四〇年の卒業から四五年までの日高てるはどんな作品を書いていたのだろうか。この年譜で見るかぎり、「爐」九三号に作品を発表するまでの約六年間、どうしていたのか、いつからどんなふうに詩に関心をもって、意識的に作品行為と向き合うことになったのか、そのあたりの事情が甚だわかりにくい。なぜ年譜で省略されているのか、逆に疑問にもなってくる。この私の疑問が疑問として明らかになるのは、「爐」の主宰者だった冬木康が一九八七（昭和六十二）年に亡くなって三年後に刊行された『冬木康遺稿詩文集成』の、吉川仁による「冬木康略伝・「爐」覚え書き／あとがきにかえて」にこう書きつけられていたからである。

一九三〇年代後半ごろ、奈良盆地を中心とする教員仲間とその周辺でつくられた「フェニックス」という詩誌があり、それに拠っていたのが冬木康、右原尨、飛鳥敬、森本十三男、日高てるらでした。（略）「フェニックス」はすべてガリ版刷りの手づくりでした。すなわち本文用紙は書道半紙を二つ折りにした、袋とじのB５判、画用紙とおもわれる厚紙の巻表紙で、平均二、三〇頁ですが、本職なみのきれいなガリ版文字とカット、二色刷りのていねいな表紙デザインなど多彩で意欲的な体裁はじつにアットホームな感じです。眺めていますと、暮夜ひそかに原紙を截る冬木康の息づかいが伝わってくるおもむきがあります。一四号で森本十三男が、三〇号で日高てるが参加しているのは、もちろん実力をもつ詩人を厳選した結果のことであり、「フェニックス」の充実ぶりを如実に示すものといえましょう。

吉川仁によると、日高てるが「フェニックス」に参加したのは三〇号からとなる。薄っぺらだが、月刊で頑張っているようだから、そこから見積もると、年譜に卒業とわざわざ書いたことはそれが「フェニックス」参加と重なると一応解釈してよい。しかし吉川仁の文では、すでにそのころ「フェニックス」の仲間たちのあいだでは「実力ある詩人」と認められていて、だからこそ三〇号から作品を発表していたというのだ。ただこの三〇号発行の正確な日付は不明で、吉川仁によると、このあたりのことを調べてみたがやっぱりよくわからないという。日高てるの手元にある資料では「フェニックス」三七号が一九四二（昭和十七）年十一月版で、三八号は同じ年の十二月版。この号から「爐」に改題されている。一九四二年といえば太平洋戦争の真っ最中で、「鬼畜米英」の超国家主義の時代でもあったから英語が使えなくなって詩誌名を変えたと思うが、かろうじて残ったバックナンバーは二十七冊で、とくに初期の欠落がひどくて、「フェニックス」の創刊がいつであったかさえ今は厳密に特定できないという。ただ月刊制が維持されていたとして逆算すると、創刊は一九三九（昭和十四）年十一月版と見てほぼ間違いないということだ。「フェニックス」についてはこんな事情もあって資料も乏しいが、改題後の「爐」では、少なくとも九三号を待たずともそれまでの日高てるの作品は見ることができるはずだと思うがどうだろう。ではなぜ日高てるはそれまでを年譜としてきちんと書かなかったのだろうか。吉川仁は戦後の一九四八（昭和二十三）年を背景に日高てるについて、さらに次のように書いている。

日高てるの存在は「爐」のアイデンティティを放射するうえで決定的な意味をもちはじめます。先天的にクリスタルのような近代的知性と感性をかねそなえたこの詩人は、すでに戦争中からそのみずみずしさを注目されていましたが、戦後になって、突出して異彩を放ちはじめ、たとえていえばシルクロードをわたってきたぶどうの美酒にも似た陶酔性をもつ詩風は、文句なしに新しい詩の時代の夜明けを告げるものでした。果然、既成、新進をとわず広範な詩人たちが、「爐」に日高てるあり、とばかりに魅了されることになるのですが、それは必然的に日高的なものイコール「爐」的なもの、という認識へと変容してゆきます。

関西には小野十三郎のリアリズム、伊東静雄の抒情詩、そしてモダニズム詩といえば安西冬衛と竹中郁というふうに、たちどころに日本でも代表的な詩人が浮かび上がるが、当時もうひとつあった若いモダニズム詩の流れが戦前のグループ「爐」だった。そのなかで吉川仁の言葉を借りれば、日高てるは「先天的にクリスタルのような近代的知性と感性」をかねそなえ、「戦争中からそのみずみずしさ」が注目され、「戦後になって、突出して異彩を放ちはじめ」たと、同人のあいだからも高い評価を得た詩人ということになる。それなのにどうして日高てるは年譜で初期（戦中）の詩歴を明らかにしていないのか。不思議と言えば不思議で仕方がない。そこで憶測になるが、日高てるにとっては輝かしい（詩集『めきしこの蕊』刊行時とその後の）いまが大事だった。ともかくいまを年譜にとどめたい、したがってそれより前の詩歴は入れたくないと思ったのではないだろうか。倉橋健一はこのあたりについて「日高てるをどう読むか」（「樹林」）というエッセイのなかで「日高さんが、年譜の段階であえて詩の経歴からはずしたとすれば（私は日高さんがその時代の詩を若書きとしてみずからみとめたくなかったということだと思うが）、戦時という時代はおよそ生理的な段階で、日高さんにとっては疎まれる存在でしかなかったということになる。このあたり、私の目には、若さを謳歌する日高さんの戦後の日々が、街頭で生活の解放を謳歌した大正期の平塚雷鳥らをふくむモダンガールのようにも見えてならない。戦時下のことなど古い上着を脱ぎ捨てるようにしか思えなかったのだ。だから多少の自分の体臭の残るものであっても、捨てることに厭う必要はなかったのだ」と、若き日の心情に温かく寄り添うかたちでこんなふうに考察している。

　ところで、私の興味は、このグループの中軸だった冬木康は当時どんな詩を書いていたかというところに及ぶ。まずは詩集『竹の中』からその詩を紹介しておこう。

春の夜のにぶき痛み　その暗き沖に向ひて

汝　石を抛れ　石を抛れ

これは戦争中に書いた詩（と思うが特定は不明）。詩というより詩集の前に置いた詞書のような序詞と言っていい。そもそも『竹の中』という詩集は作品の数は全部で八篇。戦時下の物価統制の厳しい時代にザラ紙を数枚綴じあわせたようなぺらぺらなもの。それにしてもちょっと不気味な旋律だ。「春」、「夜」、「痛み」、「沖」、「汝」、「石」というように単語に重点を置いて極力イメージで書いている。作者が「暗き沖」と認識する時代相があって、それにむかって「石を抛れ　石を抛れ」と言っている。不気味な旋律というのは他の詩にもあって、前半のみ引くが「雨」という詩では「群生の青葉の下から鬱々と雨が降つた。／深くとざされて、おもひおもひに静まりかへつてゐる暗い疵や／庭木の先で雨はかがやき、雨は消えた。と、厠の前の濕土を抉つたやうに醜くく一匹の蝦蟇が這ひ上つた。／蝦蟇は、あたりを窺ふでもなく、悠然とその肩を捩らせながら／地を壓するかのやうに、実に、不様に歩動してきた」と細部にゆきとどいた目もあり、抒情性もある。しかし花鳥風月のような甘ったるいものではなく硬質の抒情だ。冬木康のモダニズムは言葉の意匠ではなくて内部との対決、あるいは決別があり、暗い時代のなかでの自己救済の意識がしっかりある。冬木康は生涯、八篇一冊のこの詩集しか持たなかった。寡黙な、厳しい魂は、日高てるの背筋がしゃんとした詩風にも引き継がれているように思う。それではここで日高てるの第一詩集『めきしこの蕊』を見ていきたい。

一

陸のつづき。

不思議に
陽炎をのぞきこむ
貌。
ききみみをたて
瞳の奥に
もえている
憤怒。

二

氷河にうづまり
地は冷えた。

天日に胾（ししむら）を晒し。
深いるり毛の底に
こびりついている。

脳髄。

三

海流は重量をのしあげ
天に渦巻いた。

凪の底に沈んでいる
海獄。

四

陸のつづき。

引いたのは「作品」という詩（初出は「歴程」復刊四号）。四連構成にして、さらに一、二、三連のそれぞれを二連構成にするという「入れこ型」、詩の言葉は単語でつないでいく。それも短詩をつなぐというか、重ねるような構成だ。これ以上削られないくらい贅肉を削ぎ落としたと言ってもいい。凝縮されている。語法的にはオブジェ型、そしてイメージ型。オブジェというのは「モノ」、目に見える物のことであるから、そのモノに関連する心情的な行動とか思いとかは描写の対象から引き離されている。「貌」は「貌」だし、「憤怒」は「憤怒」だし、「脳裏」、「重量」、「天」といった語彙はオブジェ型に沿って読みすすめるほうがよい。詩の雰囲気は暗い。と言っても「明暗」の暗さではなく、「昏迷」とか「昏睡状態」の暗さで重たい。のぞきこんだり、聞き耳を立てたり、憤怒が燃えている、と言っているから、日本が敗戦のなかにあってこれからどうなるのかといったもやもやしたやるせなさみたいな感慨、当時の状況にたいする不安もあっただろうし、そこに深い関心を持っている若い女性の内面も感じ取れる。「陸のつづき」と筆を起こして、同じその一行で詩を閉じるという、フォルムへのこだわりもよく見えるではないか。また二連の「天日に裁を晒し」、三連の「天に渦巻いた」は、カメラ・アイでいうと自分は天の高いところにいて、そこから敗戦後の日本列島を俯瞰して天を書いていることに注目しておきたい。天といえばもちろん宇宙だ。女性でこんなふうに観念の言葉を使えた詩人といえば左川ちかが浮かぶが、あまりいない。宇宙感覚があり、やっぱり珍しい。

つぎに同じ流れで「碧天女」から。
むなしい重量を　ひきづり。
群青を　浮遊する。

天は　はげしいしづけさ。
星座は　遠い。
せめて　ペガサスに騎りて大沼をわたる。
雲は　よじれ。
眼窩は　くらむ。
光暈（こううん）の　なだれ。
幻覚は　きしる。
（雹（ひょう）は結晶を樹氷にたゝいた。溶岩燃える地のこい
　しく霧となって　舞いのぼり　まいおりる。）

蒼い光は窪をうづめ。
天の干潟は腐蝕する。

あかつき　から冴への山巓。
凍原は　炎を裂いてひろがる。

ここでも自分は天（＝宇宙）に居て、天は刻々と変化する凄まじさだ。とりわけ二連の後半部は天空の渦巻く大きな変化を、語彙（＝漢語）をぶつけるように書きつけていて、「作品」と「碧天女」は姉妹篇というか続篇の体をなす。というのは詩集のなかの他の作品、たとえば「河岸」、「街」になると、今度は天空から地上に降りてきて、地面と水平の目線で書かれている。「モノ」は「モノ」ではあるが心象（＝心のかたち）をとらえるというようになり、先に挙げた「作品」、「碧天女」との違いは明らかだ。「碧天女」にも「天」は二度出てくるし、詩集と同名の詩「めきしこの蕊」にも「ふかいしづもりを　はらばひ／天のおくがに　ひらいた花／今宵、月の滴りうけて　沈まむ。」と「天」はつかわれている。この詩そのものは先に見た詩とは違って、文語調が入ってきている。また短詩だし、硬質ではないし、漢語調ではない。肩の力を抜いて書いていて自然体、若き日の日高てるの息づかいも伝わってくる。それにしてもなぜこれほどまでに「天」にこだわったのか。

日高てるは『めきしこの蕊』を出したら、草野心平から「ヒダカテルシノサク、二、三ペンタノム　ヘン　クサノ」と原稿依頼の電報がきたとその電文をそのまま年譜に書いている。年譜に記載せずにはおれないくらい名誉なことだったのだろう。また日高てるはエッセイ「絶景としての草野心平」のなかで、「詩を書きはじめた当時、六年くらい、詩即　草野心平即、天だったことを思いおこす。就中〈猛烈な天〉である」と書いているが、これはそのころのある日、草野心平の詩集『絶景』を古本屋で見つけたときの喜びについて書いたものである。『絶景』は一九四〇（昭和十五）年、日高てるは二十歳で、ちょうど師範学校を卒業した年の九月にこの詩集は刊行された。このころの草野心平には天意識が出てきている。『絶景』は戦後につながる貴重な詩集でもある。

猛烈な天

血染めの天の。
はげしい放射にやられながら。
飛びあがるやうに自分はここまで歩いてきました。
帰るまへにもう一度この猛烈な天を見ておきます。
仮令（たとひ）無頼であるにしても眼玉につながる三千年。
その突端にこそ自分はたちます。
半分なきながら立つてゐます。

ぎらつき注ぐ。
血染めの天。
三千年の突端の。
なんたるはげしいいしづけさでせう。

「猛烈な天」、「血染めの天」というこの激しい表現からは草野心平の強い意志、決意のようなものが伝わってくる。「飛びあがるやうに自分はここまで歩いてきました」とあり、今まで半端な生き方は決してしてこなかったという情熱、三千年の歴史の突端に自分の視点をおいて、命がけでやっていくよという強い思いが伝わってくる。この「天」とは何かと言えば、草野心平は天は「無神者」の宗教だと言い、『詩と詩人』のなかで「天ほど時空の渾然とした場はなさそうである。海も似ているが海は地上にはない。天は海の上にもある。人類全部にとって天ほど普遍の場は他にない。刻々変るその永遠。（略）私たちにとっては時空の磁場だ。無神者にとっては天以外に宗教はない」と言っている。草野心平はこの『絶景』刊行の翌年八月、南京政府に招かれているが、一九二一（大正十）年十八歳のころ嶺南大学にいたから、二度目の渡航だった。繰り返すようだが、昭和十一年から十五年までの四年間に書かれた『絶景』は、草野心平の心象にあっていちばん激しい時代の詩集だった。長い眼で人生を、時代を、しっかり見ようとしたのだった。日高てるはそういった草野心平に丸ごと共感し、「詩即　草野心平即、天」と思ったのだろう。そして模倣は創造の母と言われるように、日高てるは草野心平の詩を愛し手本とし、その「天」を自分の詩に取り込んだ。とはいえ、なんと言っても草野心平の「天」は経験的にも中国大陸の渺々とした大自然における天だから、スケールが違う。「猛烈な天」だ。この激しさに衝撃を受けて天の激しさを書くことをモットーとしたのだと思う。第一詩集から二十三年ぶり、一九六五（昭和四十）年、四十五歳になって出した第二詩集『カラス麦』の詩集題字は敬愛する草野心平の揮毫だった。

つぎは『カラス麦』のなかから、「種子」。

日没の駅のホームのはじっこに立って　私の見る現実とは、遠くの人の行列や風景を　切り刻んだ破片として、眼の球体に並べ張りつけているにすぎない。それらの現実は、水分を吸い熱を吸い、塵埃や人々のいきれを吸って醱酵し、膨れあがり、それ自身ゆたかな飽和状態となる。

しかし　まんいつ隙間から　新しい何ものかが、時間の尾をひからせて、例えば　私の立つホームと次のホームとの間に、みどりいろの空車がすべりこんだとする。次から次へと　みどりいろの時間をかがやかせて新しい一個のものが（兵器であってもよい）加わると　極限に達した飽和の状態は、たちまちにして一転危機となるのだ。すべての機構はへしつぶされ、分裂をはじめた部分部分が水溶性のものに還元される。このおびただしい人や風景の流出。

この虚構。

駅の廃棄レールを積みかさねた
亡霊のふところに　鶏頭は燃え
危機の空間を抱いて燃え
種子を頭に蓄えて　燃え

——あるとき　一個の種子がぶよぶよの球体を截りさいてまっ逆さまに落ちていった。——と。

私の眼の球体の亀裂の隙間隙間に凝結していた現実はおともなく燃えやがて　私の眼球とともに脱落してゆくだろう。

この一個の種子の由来についてはつまびらかではない。これがその死だ。


ここでは現実を見る、対象物を見る、というのはその行為をとおして、本当は見えていない部分を引きずりだすことではないかと自分に問いかけている。詩のカタチから言えば、散文詩と散文詩のあいだに行分け詩をはさんだ構成も、草野心平の「川面（かはづら）に春の光はまぶしく溢れ。そよ風が吹けば光りたちの鬼ごっこ葦（あし）の葉のささやき」と歌いだされる、よく知られた「富士山」と同じだ。「みどりいろの空車がすべりこんだとする」という仮説を入れたり、「兵器であってもよい」という例示を入れながら、私たちはふつうに見ていると言うけれどもそれは虚だと言い、見るというのはどういうことかという方法を、詩という作品で、つまり詩のテーマにして書いている。これは並大抵ではない。社会詩でもないし、情念詩、生活詩でもない。日高てるの詩はやっぱりモダニズム詩。思索的で、方法意識をしっかり持っていてユニーク、個性は際立っている。

それにしてもこの『カラス麦』が出版されたころ、戦後詩が終わって世の中もしだいに落ちついてきたころから、日高てるはインド舞踊の旗手シャクティやヴァサンタマラと組んだり、絵描きと組んだりして、個展の開催や総合芸術、朗読や舞台芸術、評論活動といったジャンルにも旺盛に活躍する。しかし、音声とかパフォーマンスにどんなに力を入れたとしても、日高てるの軸足はなんといっても文字表現による詩であることは言うまでもない。なにはともあれ関西にいて戦中からモダニズムを始めたというのは貴重だ。

西岡寿美子

詩人の眼が実現させた土佐

二〇一八年、西岡寿美子の『シバテンのいた村』が第二十回小野十三郎賞を受賞した。たまたま私も授賞式に出席したが、みずから応募しながらこの日を待たずに亡くなっていた。九十歳だった。私は彼女についていつか書きたいと思っていた。けれどもどう採り上げ、どう書くか、書きあぐねたままにいたのだが、受賞作となった『シバテンのいた村』は、独特のカッパみたいなこの地に棲息する怪獣を軸に据えて、自分の生活している土佐という場所に生きる人びとの生活エネルギーを、平明な描写型の詩法を駆使してモンタージュしていく。風土と言語の微細な関係をめぐる妖しいまでの旋律に、私はひとかたならぬ衝撃を受けた。そして西岡寿美子は土佐に生きて死んでいった。同世代の新川和江や牟礼慶子、森崎和江らにくらべてジャーナリスティックにはあまり知られていないが、戦後七十年を念頭に置いたとき、古いものが無造作に利便性優先のなかで壊される時代がいま来ている。そのなかで西岡寿美子は一貫して四国山脈の南側に在って太平洋に面する、首都からでは遠い田舎にいて、そこを原郷として日本を見つめていたのだった。土佐人の生活感情を汲み上げながら、生きとし生けるものの根源に迫る。土佐という土地柄、生活、風俗、息づかいなど、地方にいるからこそ歴史の深みとしてのこの国の文化もわかる。そんな西岡寿美子はどうしても書いておきたい詩人となった。

〈ほうに　大けな声じゃいわれんがの
ただのひとうちじゃったつかよ
肋(あばら)の一本も残らんかったちゅうのはまことかのし〉
〈お　目鼻から血が噴いたそうじゃあ
五体はうしぐわに削られた野ねずみの赤児よ
砲をどけたときにゃ血だまりで水漬けになっとって
身体なりの痕(あと)がまあだ原にのこっとると
掘っても土きせてもそこがぢくぢく湿(し)みてくるで
兵らも気味わるがって寄りつかんげなわ〉

耳のなかがざあっと鳴るような山の家のよる
欠けた歯に噛む菜漬けの音がつぶつぶとまだきこえるのに

一生をやせ地にしがみついて
しまいには髪から肌から土のいろになって
じじいもばばあも
じぶんの耕した畠のひとすみに仲よく埋まった
畠は荒れてもういちどヤニくさい杉の葉がしげる

こどもは大人になる
養われてきたかずかずの死のぞめきに
うちそと痛みながらすこしずつ熟れる
ときにことばのとおさにこころくじけ
うめきを嚙んで爪をもってじぶんの内部のくらさをはがす
ひしげたあばらのかたちに
いまだに草さえ根付かぬ場所（ところ）をほりあてた日から
こどもの生のかぎり噴きやめぬ血の告知を負うて

『杉の村の物語』は一九七三（昭和四十八）年刊、西岡寿美子四十五歳、四冊目の詩集。引いたのは詩集と同名の詩の最終部。大崎二郎との詩誌「二人」創刊からちょうど十年目に当たる。詩の舞台となった「杉の村」は山林のなかに点々とばらまかれた藁屋根の、戸数四十戸あまりの集落で、たんぼや畠の少ないところ。標高六百メートル、晴れた日にはいろいろなかたちをした山の背のむこうに太平洋の広い海が光って見えたという。西岡寿美子はこの土地で小学校の六年間を過ごした。こんな僻地にも戦争の波は押し寄せた。「わたしの庭にも祝出征の旗竿が立ち、戦死や、戦病死や、わけのわからない集団リンチの結果とも思える死の知らせもいくつか届き、あるときは脱走兵の為の山狩りをするという事件もあったようです」と詩集「あとがき」にある。少女期の体内に染みついた杉の村の記憶が、冷めた目でしみじみと根気よく語られるこの詩、パートⅢからなる一五七行の長篇詩だ。真ん中に散文詩をはさんで広大無辺。土佐の方言を駆使して、言語の持つ意味やイメージを最大限に昇華させながら、土地に生きてその土にかえっていった「じじいばばあ」の生涯、自分の血の系譜を言葉につなぐとき、人間の生と死、その切実なルーツなど、一篇のドラマに仕上げている。それはたしかに血の系譜と言っていい祖父母や父や母の係累をたぐり寄せて、祖霊の声を聞き、その声たちと対話しながら詩の言葉を紡いでいくのだが、〈お　目鼻から血が噴いたそうじゃあ／五体はうしぐわに削られた野ねずみの赤児よ／砲をどけたときにゃ血だまりで水漬けになっとって／身体なりの痕（あと）がまあだ原にのこっとると／掘っても土きせてもそこがぢくぢく湿（し）みてくるで／兵らも気味わるがって寄りつかんげなわ〉と、こんなふうに詩のなかに話体がはいると、そのまま詩を語る時間のなかにあって作者は作中の語り部に変身する。と同時に作者の心象風景としても鮮明に立ち上がってくる。凄惨な出来事、過疎の村での事件と言っていい出来事である。ここでは説明も理屈も不要、奇抜な発想や言語の飛躍といった表現上の技巧も不要。作品の基調を流れるローカリズム、とりわけ過疎の極貧の村に生きる人々への救済というそんな単純なものでもない、そこにつながる人々の苦悩を書かずにはおれないという西岡寿美子の強い意志だけを読み取ることができる。

それではなぜそれほどまでに西岡寿美子はこの土地「杉の村」にこだわるのか。それはここで六歳から十二歳まで、小学生時代を過ごした記憶をとおして、精神形成を成した土地への思い、その土地でともに過ごした人々への哀惜が太いタテ軸となっているからだと思う。「わたしの命運よりも早く地図の場所から消えるであろう」、「高度成長期以後のこの国に多く生じた、いわば時代に遺棄された地域のひとつ」と彼女自身が言うように、いまはもう現存するものは地形だけで、在ったものもなにひとつない廃村となっているという。先祖の墓参に行こうとタクシーをさがしても一台もなく、往復八キロの道は猪、鹿、野犬、蛇、蝮、ときには熊なども出るので命の保証はないから墓参さえままならないとは、この日本にこんな場所があるのかと私などはただただ仰天するばかりだ。このあたりを詩集『ゆ　の下に埋めたもの』所収の散文詩「山童記⑷――地上の冥界」では「地上に露れた冥界というものがあるならばあの場所がそうであろう。地表の一皮めくれた所、肉が溶け地の骨が痩せるだけ痩せてよろぼい立つ所。現世の人の見るべきでも立ち入るべきでもない、惨とした岩嶽に冷たい飛沫が降り止めぬ常闇。肌が泡立つそこに白蛇を受ける一の釜が開く。水は落ちても落ちても溢れず、真っ逆様に白蛇が引き込まれる底抜けの釜」と歌っている。
ところで『杉の村の物語』には真壁仁が「序文」を寄せている。

西岡寿美子はじりじりと根気よく雑誌を書きつづけている。それは執拗なほどのねばりである。彼女の詩は熱量をたかめ、彼女の思惟は生の根源へ深く迫ろうとしている。選択のきびしさと断定のいさぎよさがことばに凜々しい動勢を生み出している。女のさがの悲しみの根をさぐり、土俗の村のほろびの影を追い、北の国に咲くべにばなにながされた血のいろを思い、雪の原野に馬橇を駆る男に、おのが内なる流民の血を見出している。

西岡寿美子は一九六六年、真壁仁編『詩の中にめざめる日本』に第三詩集『炎の記憶』のなかの「砂から」が採られたことで真壁仁との知遇を得た。

ながいことわたしは思っていた
河原は耳のなかまでぬるぬるした河童（かっぱ）の子が
海べの砂丘はよそから旅してきた海ぼうずが
たまに上陸してころげまわる砂場なのだと
じじつ　大風の吹いたあけの日

わたしは彼等の気まぐれに撫であげた背型のあとを見たようにおもう
まひる
わたしは病んで横たわる砂を見る
あまり烈しく照るためにあかい粉塵(こな)のたえまなくふるような海べのまひる
そこに人人が刈りあげたせんさいなみどりいろの茎を干すのを
無数のすだれにおおわれてうれしそうな石たちの表情を
身をよじりながらあおあおと反ってゆくい草を
また
このくにではこまかな熱い砂をかき寄せて西瓜をつくる
わたしは
あの　燃える砂の内ぶところからはぐくまれる縞模様のまるい漿果をふしぎにおもう
砂漠ではラクダのくつ
ジャワやボルネオではわたしによく似た女たちが河にざんぶりと身をひたし
小さなこどもまでじゃぶじゃぶ洗ってはだしで砂の上を歩く
ベトナムではベトコンの若者らのシャツが夜の間にかわき
暗夜
糧食を負うて娘たちは河をわたる

砂たちのやさしく寄りあった背のうえ
砂たちの見ひらいたやさしい眼のうえを

「河童」や「海ぼうず」にはおそらく西岡寿美子にとって土佐の妖怪「シバテン」がすでに下敷きにあったかもしれない。高知の砂浜の砂と言えば、私などは「よさこい節」で「月の名所は桂浜」とうたわれたあの桂浜の五色の砂浜の美しい砂が頭に浮かぶが、桂浜は太平洋に面していて、荒れ狂う海にもなる。西岡寿美子はそこに住む女性だ。私の住む箱庭のような瀬戸内の海とは違う。砂たちは「やさしく寄りあい」「見ひらいたやさしい眼」を持っていてその「燃える砂の内ぶところから」私は育まれたと歌うとき、作者と砂たちとの血の通った温かさ、砂たちとの拮抗することばの強さは大海原につながる。もちろん桂浜でなくても砂そのものはどこにでもあるから、このように身辺のものを素材として心情を吐露し、ジャワやボルネオ、ベトナムのベトコンの若者らのうえにも目線がひろげられていくのは、三十代半ばだった西岡寿美子がこの一地方から世界にも敏感に鋭い眼差しを向けていたからだ。真壁仁はこの詩について、「無数のすだれにおおわれてうれしそうな石たち」「身をよじりながらあおあおと反ってゆくい草」はリアリストの眼を感じさせると言っている。真壁仁と言えば山形県で百姓をしながら詩を書いてきた詩人。『詩の中にめざめる日本』は国土社刊の雑誌「月刊社会教育」に七年ほど書きつづけたものである。出版にあたってはあまり有名な詩人のものは割愛し、なるべく無名の詩人の作品を採り上げることにしたそうだが、当時は無名でも今では、女性では石垣りんや茨木のり子、森崎和江、男性では井上俊夫、黒田喜夫、錦米次郎、三野混沌、猪狩満直らはいずれも私にも馴染みぶかく、こういった骨太の詩人の名を散見することができる。戦後詩の流れのなかに農民詩の流れもあるが、真壁仁が「山形農民文学懇話会」を結成して詩誌「地下水」を創刊するなど、山形県に定住しながら徹底して東北の風土と農民生活に根ざした作品を多く書いたことを思うにつけても、西岡寿美子はその傍系として確かにここにいる。今、私はこれを書きながらもなぜ西岡寿美子に注目するのかと自問しているが、もちろん西岡の足もとにも及ばない私も神戸に生まれ、神戸で育ち、ずっと戦中戦後を生き、この地方に定住し、そこに生涯を埋めていくだろう。それにはこの地に住むことへの納得があったからで、西岡寿美子にとっても同じだと思う。私たちが地方にこだわることは大事だ。そして地方への西岡のこだわり、その納得は詩誌「二人」を粘り強く、九十歳で命が尽きるまで発行しつづけたことにある。「二人」は一九六三（昭和三十八）年二月、三十八歳のとき同じ土佐在住の大崎二郎と創刊。西岡が発行責任者となって、定期的に一度も遅れることなく発行されてきた。三二三号は発行日を二〇一八年八月五日と記してまだまだ続行の気力十分だったにもかかわらず、一カ月も経たない八月二十七日、この世を去った。どれほど無念だったことか。そのためにこれが最終号となり、甥の西岡達哉さんの手によって小野十三郎賞授賞式のあと私の手元にも届けてもらった。「二人」には毎号身辺の出来事が「よしなしごと」として綴られていて、それをまとめたかたちで二〇一七（平成二十九）年エッセイ集『よしなしごと』は出版の運びとなった。この「あとがき」で半世紀以上に亘って欠号することなく出しつづけてきた発行人としての並々ならぬ苦労をこんなふうに書いている。

詩誌発行などという、かなり常道から外れた歩みを続けてきた「物狂ほしい」人間だからでしょう。同人誌発行は、創作錬磨の場とも言えますが、一般人の目には「入れ上げる」と見られる、身銭を切る自虐の道楽、と映る行為のようです。一度この病に感染すると、恐ろしいことに、まず完治は難しい業病らしいです。

人生の途上で、ふとこの厄介な病に取り付かれたわたしは、半世紀余というもの、小さな詩誌の発行編集人を務めて参りました。少人数なもので、毎回頭を悩ましたのが、同人の突然の欠稿でした。定期発行と規定している以上、編集人は、再三、大穴の誌面を睨んで、夜通しアキ相当分の稿をでっち上げる窮地に陥るのでした。同人の原稿が出揃うまで待てば、などと言っていては永久休刊必定です。「もう、ヤーメタ」と、編集人が投げ出せば、誌は即座に三号雑誌の汚名を纏って消滅です。

「二人」の最初の同行者大崎二郎は西岡と同郷で、私には大崎の詩集『幻日記』や『沖縄島』が頭をよぎる。一九四五年八月六日、広島に原爆が投下されたことを憤り、その日を私たちは忘れているのではないかと告発するその厳しい批判精神は西岡にも通底するものだった。と同時に大崎二郎は典型的なリアリズム詩で、彼女のなかにも共有するものはあった。そして、大崎二郎のあとを継いだもうひとりの同行者粒来哲蔵は私も属していた詩誌「火牛」の同人だったが、散文詩型にこだわって作品を発表しつづけた詩人だった。徹底して私（＝個）にこだわり、鍛え抜かれた硬質な言語で寓話風に、観念とか実在とかなにか抽象的なことをイメージしているようでもあり、そうかと思えば土俗的でもあり、こちらの読みを楽しんで作詩しているようでもある粒来の方法論は、西岡寿美子とはまったく違うものだった。そんな粒来哲蔵を呼びこむ魅力が西岡にはあったのだと思ってみるのも面白い。おそらく地方にいることでしか見えないものを、逆に粒来もまた西岡寿美子のなかに嗅ぎ取ったのであろう。

　ところで土佐と言えばお遍路さんだ。西岡自身も霊場四国八十八カ所めぐりを十年の歳月をかけて二度体験している。

　これは詩集『へんろみちで』から詩「温い飯（まま）を」の冒頭。

　その人らは
　まるで待たれてでもいるように
　決まって明け方や黄昏（くらやみ）時の炊（かし）ぎ時に来て
　勝手口へ半身を覗かせて訪（おとな）いをした
　懐の木地椀を差し出し

或いは叩き
温(ぬく)い飯(まま)をおーせ
――温かい御飯を戴かせて下さい――

何と直截な
生存の根に刺さる言葉だろう
生まれも育ちも違っていように
抑揚も寸分違わず
それは帰れない旅にその背を押しやる時に
身内の誰かが教えた言葉かも知れぬ

温かい飯をと家々の軒先や裏口に椀を突き出す物乞いをする人たちのなかには野垂れ死にという憐れな死に方をした人もいただろう。高浜虚子はそんなお遍路の末路を「道のべに阿波の遍路の墓あはれ」と歌っていた。西岡寿美子は詩集「あとがき」に「現今のレジャー感覚の濃いそれとは異なり、遍路(へんど)、とか乞食遍路(ほいとうへんど)、とか卑しめられ、必ずしも歓迎される存在ではなかったのが、かつてのお遍路さんでした。お接待の一椀の飯、一握りの米麦や山菜で口を糊し、山の岩屋や作小屋、時には野天で夜明かししながら、さすらいの旅を重ねて行った人たち。多くは修行のためではなく、障害や、癒える見込みのない病気持ちのために、家や里から余された物乞い渡世の、旅で果てる覚悟の人たちだったのが、わたしの幼児期のお遍路さんでした」と書いているが、このお遍路さんは西岡寿美子が小学校の六年間を過ごした、今はもう時代に遺棄された「杉の村」や、一歳のとき連れられて渡った北海道釧路の虹別原野、あの雪深い、ひぐまが出没し、疫病ありの未開拓の土地につながる。「父を殺した土だ／母を殺した土だ／貧しいみどり青む牧草のここは／わたしの胞衣(えな)を埋めた土地だ／五月に霜が降り／十月に雪のくる土地だ／山火事の炎にあぶられたアザは背に／疾病の熱に歪んだ空はべっとりとまぶたのうらにある／／官給の板を墾道(はりみち)に並んで苦力(クーリー)のように運んだ父たち／密林の真中に彫られたひとつの井戸から／四つの家族が九十度にひらいて行ったあとがここだ」とのちに詩「紅別原野」で言葉を絞り出すように歌ったこの土地は、まさにお遍路さんの姿を通して描き出したものと私には思える。お遍路さんと言えば西岡も言うように、今ではレジャー感覚で、かつて白装束に白い手甲脚絆、菅の笠に杖をついたというのでそれがファッションとして売られており、購入して姿だけ真似て観光バスのツアーで行く者あり、果ては白装束もまとわずお洒落な服装で旅行気分の者もいる。けれども原点に戻れば遍路は生涯の、生と死のギリギリのところに身を置いた者の営為であった。西岡寿美子は『へんろみちで』というこの詩集をどうしても残しておきたかったのだと思う。土佐という土地と深くつながる「お遍路」がどんどん観光化し、現在社会の普通の生活のなかでレジャーとしてのお祭りだったり、情念共同体化するものだったりすることにたいして、ノンという意思表示をしておきたかったのだと思う。そして自らもお遍路さんになることによって、書きながらその原点を辿り、貧しかった過去の暮らし、辺境であればあるほど棄てられ切られていく地方のまなざしを痛いほど立ち上がらせたかったのではないか。土佐では頑固者のことをイゴッソウと言うそうで、西岡自身も自分をイゴッソウと言っているが、彼女の頑固は果てしなく土佐を愛する優しさだ。

思えば、西岡寿美子の詩にはお遍路の文化だけではない。紙漉きの文化も、ともかく土佐的なもの全部出てくる。「紙の村」、「紙漉きのうた」、「楮を蒸す」、歴史紀行「わたしの土佐」の「紙すき新之丞」ほか、ここにも西岡のこだわりの深さは容易に伺い知ることができる。土佐の楮を蒸して漉いた紙は造幣局で造る紙幣の原料となった。しかしこれも紙幣が硬貨に変わるとこの作業を生業としていた土佐の農民の生活を脅かすことになった。どんなに時代が変わり状況の変化があっても、そこに生きる農民たちは大事に漉きあげて売りに行く。しかし買い手の側の番頭は大事に扱うどころか邪険にそこらあたりに放り投げたりする。高知県吾川郡伊野町鹿敷に住む浜田老人から聞いた話がこの「紙漉きのうた」という詩だ。その終連はこうだ。

もう止めょう　紙は捨ちょう
屈辱(はじ)がましい銭(ぜに)ょ握って戻るみちみち
何べん思うたか知れん

何十ぺん思うたか知れん
楮草(かじくさ)を地にぶちつけてヤケ酒呑うでみても
一日二日(ひいといふつか)そこなあたりほついてみても
やっぱりあしは生得の紙漉きぢゃ
ほかのことはええせんし　しとうもありませんのぢゃ
又(まあたあ)荷車ひいて行くんですらぁ

――そうでよ
七十年
あしらぁにええ世は
ありませざったのうし

西岡寿美子はこうしてまさに西岡流の、高知のフォークロアをさぐりあてていったと思う。近代史にあっては自由民権運動の強い土地柄に住み、そんな地方から今日の生活社会を見るとき、ひとりのインテリゲンチャとして水平の眼になればなるほど批評の錘を深く垂れさせるものとなった。まさにこれこそ詩人の眼だ。反権力というか、土佐を大事にして、土佐にいることを詩のポリシー(＝核)にして、民衆への深い愛を持ちつづけた西岡寿美子から学ぶものの大きさを今私はかみしめている。

西岡寿美子の世界は、決して軽やかで明るいものではない。それは彼女が、絶えず祖霊の声をきき、時に、亡んだ者の声で己に語りかけ、飽くことなく地との対話をくり返すからである。地に爪を立て、指を鍬のように屈めて、土の中に張る〝根〟を掘りつづけ、そこから生の意味を問いつづけるからである。

大崎二郎は西岡詩についてこのように評した。遺稿詩集となった『シバテンのいた村』のなかには高知の「遠野物語」があると私は思っている。

栗原貞子

「生ましめんかな」を問う

　栗原貞子をここで私が書くのは、いわゆる戦後詩の詩人としてではない。戦後の早い時期、吉本隆明は「戦争がもたらした破壊と、生命を剝奪される実感に耐えて生き、そのまま敗戦後の荒廃した現実を体験せざるをえなかった意味を、内部の問題としてつきとめることの無かった詩人に、戦後詩人という名を冠することはできないであろう」と「戦後詩人論」（『抒情の論理』）で言った。文字通り戦後詩の時代の発言として、私はここはやはり大事にしたい。栗原貞子は、一九四五（昭和二十）年八月六日八時十五分、世界ではじめて核兵器「リトルボーイ」が広島に投下されたとき、広島の自宅で被爆し、その体験をいち早く書き、語り、平和への願いをこめて訴え、以後長く広島にこだわりつづけてきた。徹底した空無のなか、その宿命を背負って出てきた詩人というような一面では、ある種のプロパガンダ型でもあり、吉本隆明の言うようにその苛酷な体験を内部の問題としてつきとめるという見方にはあたらない。とはいえ原爆というジェノサイドのなかで生き延びたとき、戦後の占領下の暗渠のなかで声を大にして叫ばないではいられなかった時代そのものについては私の思いに通じるものがある。この時代は、つねに、右か左か、ソ連かアメリカか、労働者か資本家かといった、日本の世論も世界の冷戦構造のなかで鋭くイデオロギーによる二項対立のなかにあった。そんななかで栗原貞子は人類の平和のためと思って、生涯を賭けて平和運動に徹して、アジテーションとしての詩をいっぱい書いた。

ところで、栗原貞子と言えば、まず思われるのは敗戦の翌年に出版した詩歌集『黒い卵』に収録されているつぎの詩だ。

生ましめんかな——原子爆弾秘話

こわれたビルデングの地下室の夜であった。
原子爆弾の負傷者達は
ローソク一本ない暗い地下室を
うずめていっぱいだった。
生ぐさい血の臭い、死臭、汗くさい人いきれ、うめき声。
その中から不思議な声がきこえて来た。
「赤ん坊が生まれる」と云うのだ。

この地獄の底のような地下室で今、若い女が
産気づいているのだ。
マッチ一本ないくらがりでどうしたらいいのだろう。
人々は自分の痛みを忘れて気づかった。
と、「私が産婆です。私が生ませましょう」と云ったのは
さっきまでうめいていた重傷者だ。

かくてくらがりの地獄の底で新しい生命は生まれた。
かくてあかつきを待たず産婆は血まみれのまま死んだ。
生ましめんかな
生ましめんかな
己が命捨つとも

ここで「地下室」とは爆心地から一・五キロのところにあった千田町の広島貯金支局の地下室のこと。一九八八年、敗戦から四十三年後に解体されたが、詩のなかで赤ん坊を生んだ母親も、出産を手伝った産婆さんも当時貯金局に勤めていた人の奥さんで、ともに実在する人物。マッチ一本ない、真っ暗な「地獄の底のような地下室」は当時郵便局の従業員とその家族のための防空壕だった。

妊婦はまさに臨月の身で新しい命を産む瞬間を迎えており、たまたまそこにいた産婆さんは重傷の身でありながら、「私が産婆です。私が生ませましょう」と名乗りを上げて、渾身の力をふりしぼり助産婦としての使命を全うして息を引き取ったという。「生ましめんかな／生ましめんかな／己が命捨つとも」、ここは栗原貞子の絶唱だ。「かくてあかつきを待たず産婆は血まみれのまま死んだ」とした悲劇がこの絶唱の効果をあげることになる。情念にこんもり包まれた最後の三行、この絶唱が当時の人々の気持ちを昂揚させ、反戦詩として読み継がれていった。

　それにしてもこの詩、そこに居合わせたように書かれているが、栗原貞子はこの詩の現場に居たのではなかった。栗原貞子が被爆したのは爆心地から四キロ離れた広島市祇園町長束。原爆投下直後の様子については、「爆風や戸や障子や垣根などが吹っ飛びましたけれども、熱線のためにひどい火傷をしたり、家の下敷きになって負傷した人はいませんでした」と語っている。ここは注目しておかねばならない。冒頭で戦後詩でないと言ったのは、戦後詩は生身の原体験が何よりも重く響くからである。それではどうしてこの詩を書いたかというと、八月の末に近所の農家のお婆さんからこの話を聞いてひどく胸打たれた。そこで想像力を駆使して、被爆直後の現場の詩として書き込んで、反戦平和としての原爆詩として仕上げていった。「生ましめんかな」の初出は敗戦の翌年三月、夫の栗原唯一を発行人として一緒に創刊した「中国文化」の「原子爆弾特集号」である。詩歌集『黒い卵』刊行の五カ月前だ。当時はＧＨＱ（連合国軍最高司令官総司令部）による事後検閲があり、呉市吉浦の民間情報部に発行人である夫は呼び出され、検閲で詩三篇、短歌十一首が削除されたという。当時のＧＨＱが原爆関連の記事、作品などの発表を禁じていたことは今ではよく知られている。ともあれ、それが陽の目を見ただけに、「生ましめんかな」は多くの人々の感動を呼び、支持されてひろまっていった。『問われるヒロシマ』（三一書房）のなかで、発表当時の反響について栗原自身はつぎのように語っている。

「中国文化」に発表されると次々に新聞、雑誌に転載され、後には、英語やヨーロッパの各国語に訳されて、新聞、雑誌に紹介されたり、ヒロシマデーで朗読されたりしました。教育出版の『中学国語二』や明治図書、大阪書籍、筑摩書房の『高校現代文』にも掲載されております。

そういえば私自身、栗原貞子の詩「生ましめんかな」は教科書に載っていて授業で習った記憶がある。石垣りんも茨木のり子も栗原貞子と同じように教科書に載っていた。けれども石垣りんや茨木のり子の詩は、詩集なども学校の図書室で借りてせっせと読んでいるのに、栗原貞子についてはなぜかこの詩一篇しか覚えていない。こうして書き留めながら今も不思議に思うのだが、「生ましめんかな」と言えば栗原貞子、栗原貞子と言えば「生ましめんかな」というように、作者としての自立性にまで思いを馳せることもなかった。また私は栗原貞子もこの地下室にいたと思っていた。授業でそのように教えられたと記憶している。

今にして思うのだが、この一篇の詩はどうしてこんなに有名になっていったのだろう。詩のジャーナリズムは敗戦期から一九五〇年にかけてはまだなかった。それなのに栗原は「英語やヨーロッパの各国語に訳されて」と書いている。もうすこし詳しく言うと、英語、ドイツ語、フランス語、ユーゴスラビア語、スウェーデン語、スペイン語、アラビア語、こんなにも多くの国の言語に翻訳され紹介され、集会などで朗読されるし、教科書にも載っているから学校では指導した先生が生徒に感想文を書かせる。国語の授業だけではない。当時の修身、道徳の時間にも教材に使って、平和、生命の尊さ、原爆投下直後の美談として読み継がれていった。もう戦争はこりごり、原爆はこりごりの思いが戦争反対、原爆反対、学校教育では平和教育振興といった組織の運動の波に乗って朗読され、爆発的にひろがっていった。私が教師になってからでも、教師は教職員組合の組合員として半ば強制的に原水爆禁止の大会や母親大会、教研集会などに当番制で、しかも日当つきで参加することが義務づけられ、会場では共産党系、社会党系とヘゲモニーの取り合いなどもあって、それは言葉に絶するほどのものがあった。

つぎは戦後二十二年目に刊行された栗原貞子の第二詩集『私は広島を証言する』から詩集と同じタイトルの詩。

生き残ったわたしは
なによりも人間でありたいと願い
わけてもひとりの母として

頬の赤い幼子や
多くの未来の上にかかる青空が
或日突然ひき裂かれ
かずかずの未来が火刑にされようとしている時
それらの死骸にそそぐ涙を
生きているものの上にそそぎ
何よりも戦争に反対します
母がわが子の死を拒絶するそのことが
何かの名前で罰されようと
わたしの網膜にはあの日の
地獄が焼きついているのです
逃げもかくれもいたしません。

一九四五年八月六日
太陽が輝き始めて間もない時間
人らが敬虔に一日に入ろうとしている時
突然

街は吹きとばされ
人は火ぶくれ
七つの河は死体でうずまった。
地獄をかいま見たものが地獄について語るとき
地獄の魔王が呼びかえすと言う
物語りがあったとしても
わたしは生き残った広島の証人として
どこへ行っても証言します
そして「もう戦争はやめよう」と
いのちをこめて歌います。

『私は広島を証言する』は一九五九（昭和三十四）年八月、最初は小詩集として発行され、第五回原水禁世界大会で配布されたが、詩集としては八年後の一九六七（昭和四十二）年七月に刊行された。そして翌年には第二版、その三年後の一九七一（昭和四十六）年には改訂増補第三版が刊行され、「生ましめんかな」同様、十年以上の長きに亘って多くの読者を得、多くの集会で朗読され、再版に再版を重ねて、日本国内だけではない、外国でも読まれていっている。私はちょうどこのころ、一九五八（昭和三十三）年に詩を書き始めているが、反安保闘争より前で、私もそのころ、栗原貞子と同じようなトーンの詩を書いていた。「ふたたび教え子を戦場に送るな」とか「生命を生みだす母親は生命を育て守ることをのぞみます」というスローガンは今も記憶にある。歌声運動というのもあり、関鑑子の『青年歌集』を片手に「若者よ」などとよく歌った。そういった運動のなかでみんな元気で、平和を守りましょうという機運が高まっていた。そんな時代だった。その点では私自身の青春のなかで栗原貞子の「私は広島を証言する」は読まれていったのだと思う。栗原貞子は「生ましめんかな」を同じ女性としての目線で書き、「わたしは生き残った広島の証人として／どこへ行っても証言します／そして「もう戦争はやめよう」と／いのちをこめて歌います」と平和へのメッセージとして正直に詩の言葉にしているのだから直接性として私に響いた。つまりこれは当時の社会の流れのなかで読まれると、良質のインパクトの強いアジテーションの言葉になった。私ものち、空襲で火のなかを二度くぐり、手をつないで一緒に逃げていた三歳の妹を焼け死なせた六歳の体験から『ヨシコが燃えた』という詩集を、一途に戦争の犠牲者の立場から編んでいる。しかし、なぜかこのときの父は不機嫌で、そばについていて守り切ってやれなかった親（＝自分）のせい、ヨシコを死なせた責任はすべて親である自分にあるとずっと言いつづけて戦争のせいにはしなかった。そして私がこの詩集を出したことにも反対だった。父のこの気持ちを理解するには長い時間がかかったが、そこでは栗原貞子の詩が示すような強いプロパガンダの魔力に私自身の私性がからめとられていたと言えるだろう。それでも亡くなったヨシコの悲しみ、子どもを亡くした母親の思いを戦後から四十二年も経って書いたこの詩集は、今も一人歩きをしていくなかで反戦詩として読まれる傾向がある。読み手の自由のうちにあって、それはそれでよく、私も誠実に自分の詩に対処していきたいと思うが、そこでふと思うのが、栗原貞子のばあいは平凡な一詩人ではなく、完全にプロパガンダ詩人となっていることだ。詩を書きながら、かてて加えて「原水禁広島母の会」や「広島べ平連」ほか、精力的に運動に参加し、じつに行動力旺盛。こういった側面を見るかぎり、栗原貞子は詩人であると同時に活動家、平和運動家。栗原貞子はこういったところに軸足をおいて詩を書き、戦後の歴史時間のなかで、その時代が歓迎したといえば過言になるだろうか。原爆も地震も日常のなかの非日常だが、それだけに状況が作り出すという特異な構造が表面化するとどうしてもイデオロギーが強くなる。栗原貞子は『問われるヒロシマ』のなかで、先生たちから送られてきたこの詩の生徒たちの感想文を読んで、「先生たちは詩の持つ平和、生命の尊さ、連帯感の感動を修身道徳の美談として矮小化して教えている、そうであってはならない」と批判し、みずからこの詩についてつぎのように解説（＝自注）している。

詩はいうまでもなく表面的な字面だけでなく、その背後にあるものや底を流れているものを語感やイメージを通して想像力によって読みとらねばならない。

「生ましめんかな」の詩は事実を書いたものであるが、事実そのものが象徴的で含みの多い詩なのでいく通りにも解釈されている。（略）私は詩を書いて後になって、いったい地下室で生まれた赤ん坊とは何だったのだろうと思った。すると閃くように暗い地下室とは日本がしかけたアジア侵略の十五年戦争の暗い長い時代を意味するものであり、地下室で生まれた赤ん坊とは、アジア侵略の十五年戦争の末期にアメリカが投下した原爆の廃墟の中から世界の平和を求めてやまないヒロシマが生まれたのだということに気がついた。

　それでは暁を待たずに血まみれのまま死んだ産婆さんとは何だったのか、それは八月十五日の平和の日が来るのを待たないで死んで行った二〇万の被爆者だった。

　結末の「生ましめんかな」「生ましめんかな」のリフレインは地下室の被爆者たちの唱和であるとともに戦争や原爆のない平和な世界を生ませようというヒロシマの大合唱でもある。

「生ましめんかな」が栗原貞子本人の詩でなく他の人の詩であったなら、詩は読み手にとっていろんな読みがあっていいのだから、栗原貞子はこの詩をこんなふうに読んだのだといってもそれなりに私は納得もするが、私は彼女がこの詩を書いたその時点では少なくともこういった思いはなかったと思いたい。それにしても彼女は、重傷にあえぎあえぎしながら出産に立ちあうこの産婆を襲っていたであろう身体の苦痛に思いは至らないのだろうか。栗原貞子のこの解説を読むかぎり、血まみれになって、赤ん坊を救い出そうとするこの産婆である女性の持つごく当たり前の悲しみは伝わってこない。栗原貞子は右の解説のなかで「「生ましめんかな」の詩は事実を書いたものであるが」と言っているが、栗原貞子はその場にいなかったのだから、虚構（＝フィクション）で書いたのに、なぜ事実と言うのか。あくまで「生ましめんかな」は虚構で、聞いた話を素材にして書いた。

事実この場に居合わせていたなら、命がけで産婆さんはどんな気持ちで出産を手伝ったか、臨月の母親は、こんななかで生まれてくる赤ん坊は、とその気持ちを考えるにつけても「生ましめんかな」はけっしてハッピーな詩ではない。戦後の時代状況のなかで作品だけがどんどん一人歩きし、新聞、雑誌、教科書に掲載され、各国語に翻訳されてひろがっていったことで、栗原貞子が有名になっても、そんなふうにあおりたてられるようにして有名になっていく現代詩はそれでいいかどうか。この時代、被爆者はまだまだその苦しみ、悲しみのなかにもがいていた。

ところで井伏鱒二は栗原の『私は広島を証言する』が改訂増補第三版になっていた一九七〇（昭和四十五）年の四年前に小説『黒い雨』を刊行。これはその前年の雑誌「新潮」一月号から九月号まで連載された。井伏鱒二は広島県深安郡賀茂村粟根（現福山市加茂町）で生まれ、十九歳で東京に出るまで広島にいた。もちろん井伏鱒二に被爆体験はない。しかし彼はこの小説を書く六十歳代後半になるまで、広島の被爆者が被爆者であるがゆえの差別について喋れなかったので、どうしても作品として書いておきたかったのだと思う。『黒い雨』は被爆者重松静馬の「重松日記」と被爆軍医岩竹博の「岩竹日記」などをもとにした小説だが、こういった詳細な資料を使いながら、原爆反対、戦争反対のスローガンではない、ある家族の生活のなかに起こったひとつの出来事として原爆を描いていく。姪の矢須子が被爆者であるために縁談が壊れた話、軽傷の原爆症である重松が無理をして働くのはよくないので仲間と一緒に鯉の養殖をしていたがその合間に魚釣りをしていると、忙しく農作業をしている人にとっては遊んでいるようにうつって中傷されるというような日常生活から始める。こんなふうに状況を日常から撃つというのは大事なことで、文学の基本であろう。原爆患者とは結婚するなとか、ヒロシマ、ナガサキにはお嫁にいくなとかそういった差別、いじめは栗原貞子が平和運動家として各地を演説してまわっているあいだにも数え切れないほどあった。放射能の問題、いわれなき中傷など東日本大震災とも重なる。そしてこういった差別を受けつづけていた矢須子のような苦しみ、痛みを自分の内部に取り込んで書いた詩人と言えば、私の脳裡にはまず石牟礼道子がよぎる。栗原貞子より彼女はひと回り年下だが、ふたりは同じ反体制派の詩人だ。けれども石牟礼道子は工場排水などに含まれるメチル水銀化合物を海に垂れ流したチッソ工場を告発するための詩は書かなかった。「語り部」として、「わが水俣病」として内なる悲しみとして描く。権力に癒着しないし、けっしておもねないという点では栗原貞子と同じに見えるが、彼女のようにはけっして飛びはねない。石牟礼道子は水俣病を公害反対という単純な社会問題としては書かない。人格・声を失った人たちに徹底的に寄り添う。底辺の、訴える言葉を持たない人たちのところに身を置いてその声をとらえたのが『苦海浄土』だった。

　だれでん聞いてみなっせ。漁師ならだれでん見とるけん。百間の排水口からですな、原色の、黒や、赤や、青色の、何か油のごたる塊りが、座ぶとんくらいの大きさになって、流れてくる。そして、はだか瀬の方さね、流れてゆく。あんたもうクシャミのでて。はだか瀬ちゅうて、水俣湾に出入りする潮の道が、恋路島と、坊主ガ半島の間に通っとる。その道潮のさね、ぷかぷか浮い

> てゆくとですたい。その道筋で、魚どんが、そげんしたふうに泳ぎよったな。そして、その油のごたる塊りが、銛突きしよる肩やら、手やらにひっつくですどが。何ちゅうか、きちゃきちゃするような、そいつがひっついたところの皮膚が、ちょろりとむけそうな、気色の悪かりよったばい、あれがひっつくと。

「不知火海沿岸漁民」のなかで石牟礼道子はこのようにみずから水俣の漁師になって、漁師の方言そのままで、メチル水銀化合物が垂れ流されたその当時の水俣の海の状態を書いた。漁師の言葉を自分の言葉にするから傍観者にはならない。どう一体化するかだった。生活する人のなかに入っていって、「あなたの言葉で書くよ」と言って書いた。けっして声高に叫んだりしなかった。

栗原貞子と同じ被爆体験を優れた作品として残した原民喜とその詩についてもひとこと書いておきたい。原民喜は妻が病気で亡くなったので、千葉の家を引き払って実家を継ぐ広島の長兄宅に身を寄せていて被爆した。ここは爆心地から二キロの地点にあった。

> ギラギラと炎天の下に横わっている銀色の虚無のひろがりの中に、路があり、川があり、橋があった。そして、赤むけの膨れ上った屍体がところどころに配置されていた。これは精密巧緻な方法で実現された新地獄に違いなく、ここではすべて人間的なものは抹殺され、たとえば屍体の表情にしたところで、何か模型的な機械的なものに置換えられているのであった。苦悶の一瞬足掻

いて硬直したらしい屍体は一種の妖しいリズムを含んでいる。電線の乱れ落ちた線や、おびただしい破片で、虚無の中に痙攣的の図案が感じられる。だが、さっと転覆して焼けてしまったらしい電車や、巨大な胴を投出して転倒している馬を見ると、どうも、超現実派の画の世界ではないかと思えるのである。

小説『夏の花』で原民喜は、原爆投下後の広島市街の光景を「精密巧緻な方法で実現された新地獄」、「超現実派の画の世界」と言葉にしている。この光景は外部存在としてよもやこの世にほんとうに存在するはずがない、存在しているとはとうてい信じることができない、という認識のもとに書いている。現実の風景としては向こう側にあるけれども、それが精密な手法、超現実派の絵であるなら納得もするが、こちら側にいる主体としての自分は眼前の風景を認めることができない。それほどまでに凄惨極まりない。これは外部を内部に取り込む、内面化された優れた描写だ。だから原爆投下後の地獄絵さながらの光景が臨場感をもって読み手の心に突き刺さってくる。一九五〇（昭和二十五）年八月、被爆五年後に東京に戻ってから原民喜は雑誌「近代文学」に、「原爆小景」八篇を発表しているが、佐藤春夫序の『原民喜詩集』（青木文庫）からそのなかの一篇。

水ヲ下サイ

水ヲ下サイ
アア　水ヲ下サイ
ノマシテ下サイ
死ンダハウガ　マシデ
死ンダハウガ
アア
タスケテ　タスケテ
水ヲ
水ヲ
ドウカ
ドナタカ
　オーオーオーオー
　オーオーオーオー

一連のみ引いた。原爆投下後の広島の街なかの、死の直前の、苦し紛れに水を求めて訴える声、というより声にもならない被爆者の「オーオーオーオー」だ。これは現場に身を置かなければとうてい書けない詩の言葉だ。原民喜は被爆者との一体感、「アア　水ヲ下サイ／ノマシテ下サイ」と、その絞り出すような苦しみと同化したから書けた。おそらくこの声の被爆者はもう目が見えていない。顔面も被爆して大変な状態になっていると思う。原民喜の詩はどれをとってもイデオロギーでは書いていない。文学者の使命として、この現実を書き残さなければならないから作家の本能で、実際に見た現実を即物的に書いた。ここにこそリアリティがある。

そのうえで、ここまで私は栗原貞子の「生ましめんかな」を中心に、戦後七十六年経った今、ひるがえってその政治詩をも見る必要があるのではないかとの思いで書いてきた。「生ましめんかな」というこの一篇の詩がなぜ受け入れられたかというと、読み手のなかに広島の戦後体験、戦後の悲しみがあったから、その体験と結びついて受け入れられていった。栗原貞子の詩が読者に読まれ、共感を得られたのは当時の時代のなかにあって、この詩の受け手の日本の民衆がビンビン響くつらい体験を持っていたから受け入れられたのだと思う。そういう視点で見ても栗原貞子は戦後のひとつの時代を象徴する詩人だし、その時代にあって、優れたプロパガンダ詩を書いたと言える。その一方で、優れたリアリズムであったかといえば私は首をかしげたくなる。その理由をひとつだけ挙げるとすれば、「生ましめんかな」一篇について言えば、妊婦、産婆、赤ん坊、そこに立ち会っている人たちの〈個〉がない。あいまいな状況描写だけが残ることになる。当然のことながら、ここではリアリズム詩とは何かという問いそのものの意味も問われる。

塔和子

ハンセン病最後の詩人

ハンセン病問題基本法が成立したのは二〇〇八（平成二十）年、その翌年に施行。そして、やっと昨年二〇一九（令和元）年にハンセン病元患者の家族に対し、補償金を支給する補償法も成立した。すでに差別用語となっていた癩（らい）病はハンセン病と病名も改められ、今ではとおい過去の問題のように思われているが、塔和子が病を告知され、十四歳で香川県木田郡庵治町にある国立療養所大島青松園に入園した一九四三（昭和十八）年はまだ業病で、けっして救われることのない天刑病に思われていた。その点では過去の問題のようになっているとはいえ、国の隔離政策によって、いわれのない差別や偏見を受け、家族離散を強いられたり、患者だけではなく、その家族までもが結婚を拒否されたり、忌避されたり、就職などもできなくなってきた長い歴史に培われた差別や偏見はまだまだ根強くあり、そのなかで塔和子は詩を書いてきたのだった。私にとっても見過ごすわけにはいかない。

そうなると、塔和子の発病に先立って十年前の一九三三（昭和八）年に、十八歳で癩発症の診断を受けた北條民雄がある。全生病院（のちの国立療養所多摩全生園）での経験をありのまま描いた小説『いのちの初夜』のなかで思われるのは、重病室にはじめて足を入れたときに見たものを彼は「鼻の潰れた男や口の歪んだ女や骸骨のように目玉のない男などが眼先にちらついてならなかった。自分もやがてああ成り果てて行くであろう。膿汁の悪臭にすっかり鈍くなった頭でそういうことを考えた。半ば信じられない、信じることの恐ろしい思いであった」と書いた。彼はそこで「ライ者のいのちそのものを生きる」という有名なテーゼを生きることを覚悟する。

言うまでもなく彼のばあい、らい病は一生治癒の見込みのない業病、天刑病であるという誤った認識が根強く社会に蔓延していた時代だった。ここでは絶望を生きるしか仕方がなかった。事実彼は重病室で二十三歳の生を終える。しかし塔和子のばあいには北條民雄のような悲愴感はない。というのはまだ軽症の状態で入園しているし、北條民雄が亡くなって四年後にはアメリカで治療薬プロミンが開発され、彼女が入園四年後の一九四七（昭和二十二）年には日本でもプロミンによる治療が始まっている。それによって治る病となり、優生保護法が施行された。こんなこともあって、治癒の見込みがあると彼女が知ったさらにその四年後の一九五一（昭和二十六）年には、同じ園にいた赤沢正美と結婚している。夫の指導で短歌を書き始め、さらにその五年後、短歌から詩の創作に転向という経緯がある。とはいえ、患者や配偶者は断種、堕胎を明記させられるといった制約などがまだあった。つまり、同じ病の者同士が一カ所でひとつの社会を作りながら、そこから出ることなく生活していたのだから、程度の差こそあれ、やはり隔離されたままの暮らしである。こうしてそこから解放される時代、治らない病気ではないとわかった時点でなおひたむきに生きること、詩を書くことで希望を語ることが塔和子の日常となった。とはいえ私は塔和子をハンセン病患者として、悲劇のヒロインとして、特異な人として、ここでとりあげようとしているのではない。

そのうえで、一九六一（昭和三十六）年、三十二歳のときに上梓した第一詩集『はだかの木』所収のつぎの詩を見ておこう。

瘤

樹木の瘤をさするとき
深い深い重さがある
遠い遠いかなしみが伝わって来る
きびしい風雲に耐え
謙虚に
勝利を口ずさみ
内部の傷をいやし続けた瘤
瘤は

傷痕
だが
美しい
ほかのどの木よりも
瘤の多いお前の外観はひときわ目立つ
傷つけられても傷つけられても
癒し続けたお前の
無限に優しい存在のわびしさは
私を魅惑する
ああ
その背伸びしない
安定の美しさに
私のすべてをあずけて眠りたい

そもそも瘤は樹木などに何らかの傷ができた部分で、木自身が修復した痕跡としてある。瘤は小さいのもあるが人間の握り拳より大きいのもあり、一度できた瘤はもう小さくなることはない。まさに「瘤は傷痕」だ。だから樹木の瘤をさするとき、「深い深い重さがある／遠い遠いかなしみが伝わって来る」という。木は田舎でも都会でも私たちのまわりにたくさんある。私たちはそこにあって、木に瘤があっても当然のように通り過ぎている。けれども一本の樹木に、自分の体験や感情や思いを重ね、自分の内部に取り込み、「傷つけられても傷つけられても／癒し続けたお前の／無限に優しい存在のわびしさは／私を魅惑する」と歌うとき、書くことによって、自分のなかで失われたもの、回復にむかっているもの、未来に生きる希望、生の重みなどについても考えたに違いない。「瘤」は一度できてしまえばずっとその状態のままで修復することはないと、その瘤の意味を知ったとき、今生きてある自分のこと、これまで気づかなかったことに気づいた。この詩は書きながら物語を作り上げている。語り口もしなやかで、塔和子の内面が読み手にも伝わってくる。単なる描写型の、スケッチ風リアリズムの手法だけではけっしてこんな詩にはならなかった。

塔和子が父母に連れられて行った宇和島の総合病院で発病を知らされたときのことを、何度も彼女を訪ねて取材しながら、安宅温はそのエッセイ集『命いとおし——詩人・塔和子の半生』（ミネルヴァ書房）のなかでこんなふうに書いている。

「ちょっと、お父さんに話があるから、お嬢さんは待合室で待っていてください」と、医者は和子に席をはずさせようとした。和子は生意気だとは思ったが逆らった。「先生、私の病気の話やろ?自分の体のことは自分で聞きたい」「気丈なお嬢さんだ。では、話しましょう。あなたは癩病です。まだ初期やから、別に痛くもないし、熱もないでしょ。でも、この病気は早いうちに専門の療養所に行って養生したほうがええようじゃ。分かるかな？」和子は「まさか！　私があの恐ろしいらい病？」と驚くとともに、長く抱えていた得体のしれない不安が「やっぱり、そうだったのか」と納得させられる気持ちもした。不思議に涙はでなかった。

そのあと訪れた大阪医大附属病院、京都府立医大附属病院、東京帝国大学附属病院、九州大学などでも同じ診断だった。「私は一人で療養所に行って病気をなおす」といって入園したのが終の住処となった大島青松園だった。十四歳といえば今の中学二年生だ。業病と言われた病名を自ら進んで医者から直接聞くというその覚悟、心構えは塔和子のその後の生き方、詩にも通底すると思う。ところで塔和子のばあい、病気そのものは絶望から希望の時代にいたが、北條民雄のばあいは絶望から絶望、絶望はどこまで行っても絶望、不治の時代にあり、かれの文学はけっして治ることがないという自覚から始めるしかなかった。

小説『いのちの初夜』から引く。

「尾田さん、あなたは、あの人たちを人間だと思いますか」

佐柄木は静かに、だがひどく重大なものを含めた声で言った。尾田は佐柄木の意が解しかねて、黙って考えた。

「ね尾田さん。あの人たちは、もう人間じゃあないんですよ」

尾田はますます佐柄木の心が解らず彼の貌を眺めると、

「人間じゃありません。尾田さん、決して人間じゃありません」

佐柄木の思想の中核に近づいたためか、幾分の興奮すらも浮かべて言うのだった。

「人間ではありませんよ。生命です。生命そのもの、いのちそのものなんです。僕の言うこと、解ってくれますか、尾田さん。あの人たちの『人間』はもう死んで亡びてしまったんです。ただ、生命だけがびくびくと生きているのです。なんという根強さでしょう。誰でも癩になった刹那（せつな）に、その人の人間は亡びるのです。死ぬのです。社会的人間として亡びるだけではありません。そんな浅はかな亡び方では決してないのです。廃兵ではなく、廃人なんです。けれど、尾田さん、僕らは不死鳥です。新しい思想、新しい眼を持つ時、全然癩者の生活を獲得する時、再び人間として生き復（かえ）るのです。復活そう復活です。びくびくと生きている生命が肉体を獲得するのです。新しい人間生活はそれから始まるのです。尾田さん、あなたは今死んでいるのです。死んでいますとも、あなたは人間じゃあないんです。あなたの苦悩や絶望、それがどこから来るか、考えてみてください。一たび死んだ過去の人間を捜し求めているからではないでしょうか」

前に述べたとおり、北條民雄が入園したのは一九三三（昭和八）年、東京東村山にある全生園だった。ここは甲子園球場ほどの広さがあり一五〇〇人くらい収容できたという。主人公は尾田高雄。もちろん北條民雄の分身であろう。佐柄木は当直医で付き人という設定になっている。全生園では重症者はともかくとして、軽症者は働きに出てお金を稼いだり、重病者の看護や水汲み、洗濯、散髪、院内発行紙の印刷など、女性は不自由者のガーゼを巻いたり、それを洗濯して乾いたのを巻いたりひろげたりする仕事もあったから、患者たちが一緒に暮らす村落と言っていい。佐柄木ももちろん軽症の患者である。腐っていくしかない体を毎日目撃しているというのが彼らの日常であるから、北條民雄はそこをちゃんと書こうとしている。「人間ではありませんよ。生命です。生命そのもの、いのちそのものなんです」と、ここは北條民雄がこの小説でいちばん言いたかったところだ。『いのちの初夜』というタイトルもここから来ている。癩になるということは絶望のメタフォア。外部からみれば虚構で書くしかないところを北條民雄はどんなにあがいても助からない、進行する以外はないという実態としての状態のなかで書いているから、果てしない絶望の文学ということになる。こういう現実のなかに北條民雄は十九歳で投げ込まれたのだった。

塔和子は治る病気だとわかったあとも園にとどまって隔離生活を送り、八十三年の生涯を終えた。そこにはまだまだあった世間の偏見、屈辱に耐え、病を得たことの悔しさに涙した日もあったろう。彼女はただひたすら言葉を武器にして、書くことで耐えてきた。ここに塔和子の詩、文学がある。

つぎに引くのは第二詩集『分身』から「木」という作品。

むしばまれた葉があったので
この木はいかれたのだと信じられてしまった

それで
その木は
ごみや汚水をかけられて
いつも傷口から樹液をしたたらせていた

木は
されるままになっていたから
弱いと信じられた木について
風景はいつでも冷たく
残酷になることができた

木は
追いつめられたので
空間をひろげることしかできなかった
でも
季節はうすいまくをはがすように
やがて

繁る季節から凋落の季節へと移って行った
蓑虫が
臆病そうな目を
出したりひっこめたりしはじめた頃
木は
それらむしばまれた葉の
虫の家をぶらさげて
ゆうぜんと立っていた
それは
木の愛であった
木の復讐であった
木の武器であった
木は
ただ木であることによって美しかった
むしばまれていなかった木について
人々はもうふりかえらなかった
何事もなかったように

静かな風景の中に
一本の樹が
そびえていた

「瘤」でも「樹木の瘤をさするとき」と樹木から詩を始めているが、「母」も冒頭は「母よ／生い繁る一本の果樹よ」とあり、「力」冒頭は、「木よ／陽春のおまえの／のっぴきならない芽吹きと共に」と歌い出されている。ほかにも作品の多くに木はいっぱいでてくる。塔和子は木（＝樹木）をこよなく愛した詩人と言っていいのではないか。もちろん詩を書く現場は限られており、対象として樹木を借りながら心象風景が醸し出される。と同時に自分自身にむけてのメッセージとなっていることも見逃してはなるまい。第二十九回高見順賞受賞詩集『記憶の川で』の同名の詩のなかに「人はいつも／忘れたいと願うことや／覚えておきたいと願う記憶の川を下って／流れの元は忘れていない／それを暖める故に／あるとき／ふっと忘れてかるくなりたいと思ったり／折り重なる思い出の上に豊かにいたいと思ったりするのだ」とある。このフレーズはまさに作品「木」とはポジとネガの関係にあると思っていいのではないか。この賞の選者のひとり大岡信は「自分の感受性のうち震える尖端を、内視鏡のように敏感に操りながら、自分の本質から涌き出てくる言葉をくり返し追求し、書きしるし続ける。生きている瞬間々々の貴重な「生」の実感、それを掌のうちにそっとくるみこみ、唯一の素材である言葉によって、それに確かな形と実質を与えること――そこに塔和子が詩を作る唯一の理由があろう。新しさを言うなら、これこそ現在の詩に求められる本質的な新しさというものだろう」とたたえた。

大岡信と言えば、鶴見俊輔、加賀乙彦、大谷藤郎と共に『ハンセン病文学全集』全十巻を編集している。そのうちの第六巻と第七巻が詩で大岡信の責任編集だ。日本全国で国立ハンセン病療養所は十三カ所、そこに入所する患者の書いた小説、記録、随筆、評論、評伝、詩、短歌、俳句、児童の作品などジャンル別に網羅されており、詩はアンソロジーだ。患者たちがそれぞれの入所先で詩の同好者を募って自分たちの詩誌を発行しながら詩作をつづけたり、このようなアンソロジーに参加したりしている。ただ塔和子にしても北條民雄にしても、このようななかだけで書いていたのであれば「個」としての文学として残らなかった。そこは隔離された狭い場所だから、外の社会からの影響がなかったら、文学としての自立はなかった。塔和子はすでに第一詩集『はだかの木』出版の一年前に永瀬清子が主宰する同人誌「黄薔薇」の同人だったし、一九七六(昭和五十一)年、第四詩集『第一日の孤独』出版の年には扶川茂主宰の詩誌「戯」の同人となっている。粟生楽泉園の冴雄二は、園発行の機関誌や、講座で、指導を受けたとして大江満雄、井手則雄ら詩人の名を挙げている。

冴雄二は「新薬プロミンの出現→プロミン獲得闘争→治療の本格化、そして八年、漸くその効果顕著にあらわれる。一九五六年、東京・多摩全生園に於いて行われた臨床調査に依れば、入所者の約九〇パーセントが治癒・無菌状態にあり、しかもそのうちの六〇〜七〇パーセントが社会復帰可能者であるという、かくして同年われわれ患者の〝病後施設〟問題起る。この詩は、「勇気をもって社会復帰せよ！」の呼びかけに応えたものである。――一九五七年元旦――」と前書きしてつぎの詩を書いている。

朝明け

かがり火に
去年の帽子は抛り込め！
もうすぐ夜が明ける
おれたちの額が　すっばらしい曙光の色に染まるのは
あとひと時の　そうだとも　ちょいの間のこった

しかし永かったぜ　ながかったなあ
おれたち鬼の顔の歴史
踏んまえているこの広場は
日本の冬の最後の結晶

どんと　かがり火を焚け！
おれたちの顔の中の
氷河は
もうすぐ亀裂する　亀裂したら
ぶっかませろ
砕け！！
あ
一番鶏のトキ

一九五七年と言えば塔和子は二十八歳、結婚して五年目だし、北條民雄は亡くなって二十年目に当たる。臨床調査をして入所者の九〇パーセントが治癒、無菌状態にあり云々と付したこの調査は北條民雄が入っていた多摩全生園だった。なんとも皮肉である。

話を戻せば、外部からの影響（薫陶と言ったほうがよいかもしれない）という意味では北條民雄は川端康成だった。北條民雄は「いのちの初夜」の原案「一週間」を書いて川端康成に「作品を見てほしい」と手紙を送っている。そのあとに送った「間木老人」に「発表に値します」と返事が来て「文學界」に掲載。さらに先に書いた「一週間」を改稿した「最初の一夜」が川端康成によって「いのちの初夜」と改題され、同じく「文學界」（昭和十一年二月号）に掲載された。昭和十年ごろの「文學界」同人は、川端のほかに小林秀雄や宇野浩二、林房雄、武田麟太郎、広津和郎ら錚々たる顔ぶれで、川端康成は「大阪朝日新聞」に「作者は入院当時の自殺未遂や悪夢や驚愕や絶望を叙し、悪臭を発して腐敗している幾多の肉塊に、いのちそのものの形を獲得するという、異様に単純な物語を語っている。こういう単純さを前にして、僕はいうところを知らない」と書き、また「批評というよりも批評できぬ困却を現している」とも述べた。

冒頭で書いたが、国がハンセン病患者や元家族に謝罪し、賠償金の支払いを銘じる判決を下したからといって、これで過去の問題とはならない。一九〇七（明治四十）年、法律「癩予防ニ関スル件」が制定され、その二年後に施行された国による隔離政策から百年以上もつづいた世の中に存在する根強い差別だから、今になってそうではないと言っても、簡単には払拭されるわけがない。そうでなかったというのは文明の進歩のなかで出てきた問題だ。理不尽に隔離されてそこで生きた塔和子の痛苦を、それでもなお生きる人間存在の根源的な意味を、塔和子の遺したたくさんの詩集は私たちを導く手がかりになるに違いない。この種の受難を受けて詩を書いた詩人はいままで私のこのノートにはいないので、ここで紹介することにした。女性詩人としてこういう選ばれ方、読まれ方があってていいのではないか。

河津聖恵 〈女性詩〉とは異質な流れから

私のこのノートは、もともとは新井豊美の『近代女性詩を読む』を手がかりにして、私なりに近代から現在に至るまでを経験的に語ることで方法的に自分を確かめるために書き始めたものだが、だんだん私の後世代の詩人たちに筆がおよぶに至っていささか足踏みに近いものが生じていたことも事実となった。改めてこの流れはどうなったのかと思ったとき、浮かび上がってきたのが河津聖恵である。

河津聖恵は一九六一（昭和三十六）年、反安保闘争が終わったその次の年に生まれている。第一詩集『姉の筆端』は一九八七（昭和六十二）年、二十六歳のとき刊行。その二年前に現代詩手帖賞を受賞している。大学在学中から「現代詩手帖」、「ユリイカ」に投稿しており、受賞などがきっかけで第一詩集は編まれた。こうして眺めていると、河津聖恵は全共闘運動の終焉したあと、詩活動を八〇年代に始めている。もちろんそのころの大学には学生運動の余燼がまだあり、ハンドマイクのがなり声、ザラ紙のビラや立て看板の骨バッタ文字が構内にはあったし、彼女自身も唯物論研究会というサークルにもいちどは足を踏み入れたようだが、結局、学生運動的なものには深くかかわらなかったと言っている。

そこで私が注目するのはこの八〇年代の河津聖恵の登場の仕方である。八〇年代と言えば新川和江と吉原幸子が一九八三（昭和五十八）年に季刊詩誌「現代詩ラ・メール」を創刊しており、ちょうど十年後の一九九三年、四十号をもって終刊するまでつづいた。財部鳥子、井坂洋子、小池昌代らもここでしっかり書いているのに河津聖恵は「ラ・メール」には全くかかわっていない。とはいえ、これら〈女性詩〉の出現に無関心ではなかったようだ。同時期、伊藤比呂美や井坂洋子といった、身体性によって言葉をうごかす魅惑的な女性詩人たちが、〈女性詩の現在〉シリーズとして、次々と現われ始めていた。河津自身も「戦後詩の荒地に女性性のアレチノギクが咲き淀んでいた」と言っているように、この時分はいわゆる女性詩の華やかなりしころで、その時代のエネルギーに突き動かされて書き始めたというのが動機にはないとは言えないまでも、河津聖恵は八〇年代にあって「ラ・メール」と直接的なかかわりなく登場したことに大きな特徴を見ていいのではないか。「ラ・メール」とはズレて出てきて、全共闘とは時代的にまったく無関係だったにもかかわらず、今から見ればその名残りをとどめるようなところもある思想派詩人、と河津聖恵についてはまずは言ってまちがいとは言えまい。

これは第一詩集『姉の筆端』のなかの詩「神楽坂」の冒頭。

夜のカンディンスキー坂
冬の日は
東へ向かう国電で目を閉じているまに暮れる
上ることも下ることもできるG音が
かすかにうわずるだけで
ただ一筋をひいていける
車窓のあちらには叫喚
あちらには沈黙
たちまぎれないための人の世の
光のパッセージ
私語
引き引かれるとりどりの糸は
永遠にたがうがため美しく
淡紫の魚影をよぎらせてゆくのだった

横顔であなたに追いついた

あなたであるとは不確かだったが
私についてもそうだった
引き引かれなかったなら永遠に出会わず
たがえることもない
このような時間が流れるのは
この坂だけだ

この詩、夜の国電に乗ってうたた寝をしているあいだの心象風景だが、神楽坂という地名をカンディンスキー坂と、造語だろうか、置き換えているところなど新鮮で面白い。神楽坂の音感からこんなふうにイメージがひろがるなんて楽しいではないか。そしてずっと風景がつづくからモノローグ詩とも言えるが、私とあなたの微妙な関係についても興味をそそられる。車窓は外部と内部を隔てる境界線だ。パッセージは主要なメロディーとメロディーをつなぐ経過的なフレーズをさす音楽用語で、彼女は音楽大学の附属小学校に入学し、そこで学んだこともあり、もちろんピアノも弾くし、音楽には堪能だから、「G音」というように詩の言葉として自然に使っている。作中人物である主人公はいねむりしているだけだから、「あちらには叫喚／あちらには沈黙」と外部を描いても他人ごとのように書く。そういう意味ではうたたねに事寄せて内的世界を純化しているのだともとれる。新井豊美は「神楽坂に特別の記憶があるのだろうか。ともかくその記憶が内なる幻想をゆさぶり、色彩と音の祝祭が始まるさまを彼女はおおきく目を見開き見つめている。この詩は河津さんの詩の発生する形がよく見える作品と言えるだろう」と言っているが、「夜のカンディンスキー坂」からはじめて「このような時間が流れるのは／この坂だけだ」に至るまでの詩の言葉の軽いタッチ、軽やかな曲線的な言葉づかいに新井豊美はこの詩人の「詩の発生する形」を見たのだった。ところで音楽用語と言えば、第五詩集『アリア、この夜の裸体のために』のタイトルにはバッハの曲を想起させる「アリア」が使われている。

光っているものがある
駅から駅へ速度に消される名　の表示板の
白いシニフィアンからシニフィアンまでの夜の間隙
（また静かな渦を巻いて、駅名は液体となる
出会い、過ぎ去る、たがいの渦のまま）
（熱海、シズオカ、あるいは　a、ととびちるのがみえ）
間隙に、光っているものがある
水銀いろに
あるいは遠い万華鏡のように、視野にかすかな横断をくりかえす
人家、パチンコパーラー、外灯

かたむく窓の空欄、シニフィエを蛾のように誘い、はなつもの
夢、という意味だろうか
幻想、だろうか
あるいはひたすらわたし？　意味のないわたしたち？
やがて水銀いろにヴァイオレットの翳りをおびてゆくもの

この詩は「駅から駅へ速度に消される」とか「熱海、シズオカ、あるいは　a」などと光のようにすごいスピードで通りすぎる駅名が出てくるから、主人公は新幹線に夜乗っていることがわかる。「人家、パチンコパーラー、外灯」からは夜行バスの車窓から見た夜の風景だ。そのころ、両親が病気で入院していたこともあって河津聖恵は住んでいた京都と実家がある東京を往還している。「その頃、私は首都の実家へ行くことを「戻る」と言い、京都へ行くことを「帰る」と言うんですね、と人から指摘された。「戻る」が時間の回帰をも意識させる言葉ならば、私はやはり病院で待つ親のいる首都をどこか胎内のように感じていたのだろう。「アリア、この夜の裸体のために」は、そんな胎内への回帰あるいは解放の感受を機縁として、新幹線の車窓を移動する夜景にあふれてきたざわめきの、言葉による結露だ。胎内へ誘うような光、まるで病院で眠っているしたしい人が夢見ているかのような光。その聞こえないざわめきを、ヘッドホンから聞くアリアとともに感じていた」とエッセイ「吐息」で告白している。詩の末尾にシニフィアンは記号を表すもの、文字や発音

を言い、シニフィエは記号によって表されるもの、記号であるとの注を入れている。もちろん注も詩だからそれはそれでいいのだが、先に引用したパッセージといい、河津聖恵は言語学や他のジャンルからの専門用語も豊富に使っており、これがこの時期の若い先鋭的な人の詩なのかもしれないとも思わせる。ともあれ夜の新幹線や夜行バスでの京都から東京への旅、そこを作品行為の現場としながら、かといってそのままではない。新幹線や夜行バスの窓外をながれる光などへも興味関心を注いでおり、そこで野村喜和夫は「彼女が書くページには、地上のさまざまな光が取り集められている。しかしそれは必ずしも光によって何かが成就し、あるいは真理が照らし出されるというふうにではない。むしろ待つこと。不意打たれること。移動してゆくこと。眩暈すること。つねにそうした行為とともに光は在る」として、河津聖恵は光の詩人であると言っている。と同時に私は、彼女の詩については旅を外しては語れないのではないかと思う。『アリア、この夜の裸体のために』が胎内への旅、第三詩集『Iritis』は異国への旅、第四詩集『夏の終わり』は夢の駅から駅へと旅をする「空気」を描いた、これも旅の詩集である。また、二〇〇四（平成十六）年の『青の太陽』から四年後に毎年一冊、続けざまに出版した詩集『新鹿』、『龍神』は紀州・熊野への旅だ。

ここでは紀州・熊野の人や風景との出会いによって触発されたという十三篇から成る詩集『新鹿』から同名の「新鹿（一）」、その二連、四連を見ておきたい。

もうはるかに来たのに

海の力はここまで及んでいる
（トンネルを行きすぎてしまった）
海の彼方から見つめられている　空から俯瞰されている
どんなに分け入っても　熊野という「すべて」は
もっともっと隠らせていく
（名を覚えなかった小学校で尋ねトンネルを戻っていく）
探しているのは新鹿
その人が蘇ろうとした　土と人のための密やかな祝祭の劇場
そこにその人がいるはずもないが
その人がいたという事実も幻のようだが
私たちはいつからか
このいまのいまの　静かすぎる木々の空気を予感していた
透明なあかるい子宮の底のようなこの場所を

＊

白い木造の新鹿小学校は　時の灰色の髪をなびかせていた
桜も三十年前と同じだろう　花弁は薄闇を受け入れる怒りに色を沈め

窓から覗く誰もいない複式学級の教室の　机の上にきちんと積まれた教科書は
ガラスに反射する空の中で　沈没船の宝のごとくつめたくはなやいでいる
「帰れソレントへ」がスピーカーから割れて流れはじめた午後五時
ふたたび　帰れない場所へ帰ろうとする干し魚の衝動で　車に乗る

新宮の友人から「紀州へ来て下さい。僕の好きな紀州へ」と誘われて、河津は泊を伴う旅を四度している。「旅とはまさに関係性の更新である。紀州・熊野の光と影と、そこに生きる人々の心に触れて、私は未知の次元で心を揺さぶられた。その揺らぎは、詩という言葉の揺らぎへ解き放たれることによってのみ鎮められうる、感動というより痛みに近い動揺だった」と「あとがき」にあるように、河津は深く熊野に分け入り、歓喜し、感動で叫び声をあげ、生きるとは、死とは、と幾度となく自問する。移動するのは友人の車だから、国道311号線や、対向車と道をゆずりあったり、行き過ぎてしまったり、「新鹿」という場所を捜しながら、この道でいいのかと半信半疑での奥深い熊野の小さい旅が語られる。リアルタイムで書いているが、スタイルはモダン、息が長い詩だ。それにしても「その人が蘇ろうとした　土と人のための密やかな祝祭の劇場／そこにその人がいるはずもないが／その人がいたという事実も幻のようだが」には「その人」が三回でてくる。当然「その人」とは中上健次。さらに「桜も三十年前と同じだろう」で決定的だ。中上健次は十八歳まで住んでいた新宮を皮切りに紀伊半島を六カ月にわたって旅をし、「朝日ジャーナル」の一九七七

（昭和五十二）年七月から翌年一月まで連載したものが同年刊行の『紀州――木の国・根の国物語』になった。これは河津が訪れたこのときからちょうど三十年前と符号する。中上健次をとおしての紀州・熊野への憧憬が友人の誘いに乗った動機にはあった。右に引用した「新鹿（一）」には直接的には中上の言葉は出さずほのめかすに留めているが、詩集全体を読むとそこにはどれほど多くの中上の言葉が引用されていることか。たとえば詩のタイトルの下の「エピグラフ」には『紀州』のなかの言葉がつぎのように引用されている。

「紀は、記であり、木であり、気である」（「鳳仙花のように」）
「古座の空浜、そのハヤシ言葉は悲しげにひびく」（「空浜」）
「目を閉じたくない。いや、私の眼こそ、紫の光を放て」（「黒潮茶屋まで」）
「岩が海に迫り、海が激しく光を撥ねる」（「鬼ヶ城」）
「豚がブタとして在る日には人が人として十全に在る」（「皆ノ川」）

ほかにも中上の小説『岬』から「誰をも彼をも、救けたい。だがどんな方法があるのだろう」（「新鹿（二）」）、「俺や秋幸らは雄と雌のまき散らす空気の波のタネで出来とるんじゃ」（「路地」）は『地の果て　至上の時』、「わしは他の人みたいに花なら咲いとる花だけ美しとは思わせんの」（「花の窟」）は中上の「鳳仙花の母」と、まだまだあるが、言葉だけではない。海や山や土地の風景にわけいるたびに中上健次は河津の頭に去来するのだった。

先に書いたように、この詩「新鹿（一）」には「その人」、「三十年」で中上を読み手に想像させる方法を採っているが、面白いのはどんなに多く引用してもあくまでも中上健次は自分の詩を書くためのきっかけ、自分の内部の発火点を作るときの詩意識もあり、旅日記のように詩を書いてもたんなる抒情詩には終わらせない。河津の深い思想に支えられている。ここには熊野の闇に息づく精霊たちとの命の交感、熊野を愛しながら若くして死んだ中上の人生観や文学精神との交歓などたえずシンクロナイズする。そういう意味では鮎川信夫や田村隆一の詩とも通底するところもあり、戦後詩のバリエーションがあると言いうる。熊野詣というのは昔は病人や障害をもつ人たちが救済を求めての旅であり、近頃の若い人のようにハイキング気分で行くのとは違った。面白いのは河津聖恵の詩が、中上の被差別部落の歴史的背景や「路地」に象徴される場所、そこに生きざるを得ない人々などといった中上の強靱な思想についてはいっさい触れないで、一貫して中上健次の言葉の足跡を辿ることに重きを置いていることである。四度に亘って紀州・熊野へ行った、その場所は同時に詩という現場であり、そこを詩の言葉にするにはどうすればいいか、これはある意味、彼女にとっての詩人としての挑戦もしくは実験と言ってもいいのではないか。

河津の詩論集『ルリアンス――他者と共にある詩』の次の文章はそのあたりを示唆してくれているように思う。

詩を書く「この私」は詩という現場で、言葉を選び、選ばせられるそのような感受性の精緻を問われてゆくのだといえる。いやむしろ同化と異和への言葉の感度を問われることが詩を書くことかもしれないし、だからこそ私たちは詩を書き（読み）、あるいは書こうと（読もうと）するのかもしれない。「この私」の、システムと自分自身の欲望に対する感受性を試してみるために。まだ「この私」が、書き書かされ、あるいは選び選ばされる現在のバランスの中心でありえているのか、それらを感受する精緻な身体として存在しえているか、を確認するために。それは、結局は生きている実感を深く感じとることにつながるだろう。

詩と「詩を書く自分」との関係。詩を書く行為についての誠実かつ厳しい姿勢が自分にむけられている。「同化と異和」についてはさらに、社会を成り立たせている言葉のシステムは「この私」がそれに同化するばあいは見えなくなり、「この私」が異和を感じることではじめて感じ取れるものだと言う。今詩がますます内向化していき、これからの現代詩はどうあるべきか、というときに、社会意識を持って、そこに「異和」のまなざしを入れることが大事で、そうしなければ何ごとにおいても真実（＝本質）は見えないのではないかということだろう。

ところで、河津聖恵は二〇一七（平成二十九）年に詩集『夏の花』を上梓している。この詩集は生きて在る今ここの実感がまさに書かせるべくして書かせた詩集だ。これは福島の原発事故後に「花」をモチーフとした詩を十七篇書いてまとめたもの。詩集のタイトルも同名の詩「夏の花」も原民喜の小説『夏の花』からとられているが、あるときライブカメラを見ていたら福島の第一原発の足元にわりと大きめで何の花かわからないが本当に黄と白の花が咲いているのが目にとまった。それでこんなところに花が咲くのか、本当に花なのか、花ならばなぜ原発の根もとに咲いたのか、この花は希望なのか絶望なのかわからないけれども、本当にこんなところに花が咲くのだとびっくりし、花をモチーフとする詩が始動した。動機は二〇一一（平成二十三）年の花見のとき、万朶の桜の白さと天から見下ろす花々のまなざしに突き動かされるような気持ちになったことだというから、まさに三・一一から一カ月するかしないかのころだった。

河津聖恵のこの詩「夏の花」は二〇一四（平成二十六）年五月三日、京都市の立命館大学国際平和ミュージアムで行われた鄭周河写真展「奪われた野にも春は来るか」のギャラリートークのための書きおろしで、当日彼女は会場で朗読した。写真展は韓国の写真家鄭周河が、原発事故後に被災地に入ってその風景を撮ったもので、写真展「奪われた野にも春は来るか」は李相和の詩のタイトルからつけられた。李の詩のタイトルは朝鮮が日本の植民地だったころ日本に国土を奪われた、これを鄭は福島の人たちが放射能のためにその土地に住めなくなり離散していった状況と重ねている。

「わが愛する者よ謂ふ急ぎはしれ」
不思議な声がきこえた
末期に空へと向き直る

夏の花々の声らしい
呼ばれているのは蝶や燕であるはずだが
異様に澄んだ響きに私は呼ばれてしまう
私をどこかに喪った私のまなざしだけが
畦道を烈しく進みだす
私を呼ぶ花はどこか——
私が呼ぶ花はどこか——
まなざしはかすかに息をつき
寒さにかじかむ茂みや木々の葉を吹いて暖め
蘇らそうとするが
「苦悶」もなく「一瞬足掻いて硬直したらしい」
錆びたサッカーゴールや廃墟のコンクリートの壁
「ギラギラ」しない太古の暗い「破片」
草むす薄闇色の鉄路に
まなざしは長い長い腕で触れていくのだが
凍れる秋の花は現れても
愛しい夏の花はみつからない

やがてまなざしは
ふいに広く広くまなざされる
「純粋母性」のように輝く太陽が
乳のように煌めかせる川と
生命の彼方から死の岸辺へ寄せる海によって
屍体もなく血もなく
「空虚な残骸」だけが散らばる浜　あるいは
「魂の抜けはてた」地上
ここに花は咲くのか　なぜ咲くのか
雪深い空にまだわずかに
あかあかと護られてある一滴の涙のためか
「無として青みわたる宙」に
いまなお無数の星が生まれるからか
「星を歌う心」が「虚無のひろがり」にあらがい身をもたげれば
死の破片の下からも花は咲くだろう
名もない「黄色い小瓣の可憐な野趣を帯び」た
夏の花の幻は咲くだろう

「何か残酷な無機物の集合のやうに感じられる」
人間の故郷に淡い影を添わせて

百二十一行の長詩「夏の花」二連のみ引いた。「純粋母性」は藤島宇内「原民喜の死と作品」から、「無として青みわたる宙」は辺見庸の詩から、「星を歌う心」は尹東柱「序詩」(金時鐘訳)、引用した右の詩の冒頭「わが愛する者よ請ふ急ぎはしれ」をはじめとして、その他のカギ括弧内はすべて原民喜「夏の花」から引用されている。
これは原爆投下直後の、死臭に満ちたヒロシマの印象をカタカナで描きなぐる方がふさわしいとした原民喜の、人口に膾炙されている詩の冒頭。

ギラギラノ破片ヤ
灰白色ノモエガラガ
ヒロビロトシタ　パノラマノヤウニ
アカクヤケタダレタ　ニンゲンノ死体ノキメウナリズム
スベテアツタコトカ　アリエタコトナノカ
パツト剝ギトツテシマツタ　アトノセカイ
テンプクシタ電車ノワキノ

馬ノ胴ナンカノ　フクラミカタハ
プスプストケムル電線ノニホヒ

河津聖恵は福島の原発事故後の状況を内面化した言葉でとらえようとしたとき原民喜と重なり、そして豊富な読書体験を自分の詩の現場に持ち込みながら融解させていった。「ここに花は咲くのか　なぜ咲くのか」とは、「私を呼ぶ花はどこか――／私が呼ぶ花はどこか――」とみちびかれ、花は詩と置き換え可能、「私を呼ぶ詩はどこか」と自問を繰り返すこととなる。このことは即、河津聖恵の詩の根源的なテーマとなった。同時に「生きている実感」を「生きて在る今ここ」で書いたのがこの詩だ。河津聖恵は人間を書こうとしているのだ。人間といっても、自分も人間のなかの自分だ。人間を書きたいのに思うように書けないから一生懸命で、自分を書いて外部（＝異和）を入れたり、他者の言葉を引用したりしながらそこからの声を聞き取ろうとする。文学は徹底して〈個〉の営みであるから、彼女は状況への参加を詩の行為（＝個の行為）として、詩人として、文学者としてやろうとしている。ここまでこうして見てくると、相対化できない個、もだえる個が出てきて、彼女のように正義感があればあるほど、時代相をとらえながらの詩の仕事は難しい。とはいえこれはとても大事だと思う。

新井豊美や倉田比羽子の流れに沿うつもりで河津聖恵を書き始めたが、新井や倉田は吉本隆明をとおしたメタフィジカルな言葉を使うのに対し、河津は中上健次や原民喜の言葉を使い、その関心の違いがよく見えて、こんなところもじつに面白い。河津聖恵は詩と批評のはざまで、その両方ができる数少ない詩人だ。連続したり、切れたりしながら詩の最良のものを作っており、未知の部分も多くある。まだまだ目が離せない。

俵万智

『サラダ記念日』と一九八〇年代

私が詩を書き始めた一九五〇年代の終わりごろ、神戸では当時市販されていた詩誌「現代詩」をテキストにした「現代詩を読む会」が開かれていた。そこに小野十三郎の『詩論』にある「短歌的抒情の否定」があった。「海ゆかば」や「君が代」を例にあげながら、こういった伝統的短歌のリズムは終戦までの時代、天皇制イデオロギーとしての音数律的元凶として、ファシズムの精神に取られてしまったからノンだと小野は言っていると議論されていて、まだ西も東もわからない私はただじっと先輩たちの話に耳を傾けていた。そんなこともあって、当時の私は短歌についてはよく勉強せず、短歌、抒情を横において書いていたのが現実である。しかし、小野十三郎は「〈的〉抒情」と言ったのであって、あくまでも〈的〉だったのだ。また一方で小野十三郎は「モノをして語らしめる」というリアリズムを言っていた。現代詩は口語自由詩で、リズムよりもイメージを軸に動いてきたのは確かだったから、当時の私はリズムよりも視覚（＝イメージ）を重視する方法に共感じた。私のなかでは短歌は完全に弱い存在だった。しかし、それでいいかという反省がたくさんある。そのあと近代詩を勉強すると、あらためてリズム（＝音楽）の問題が出てくる。現代詩は短歌、俳句などの伝統短詩型のリズムを踏まえた形から断絶し、短詩型の持っている美意識からも切り離されてきたところに大きな問題を背負うことになった。小野十三郎自身も『現代詩手帖』で抒情を否定することについては「元々私が短歌を問題にしだしたのも、何もそれで歌人や歌壇に衝撃を与えようとするような下心があったからではなく、結果として、そういう現象が起ることは考えられても、むしろ問題はこちらの方にあるのであって、いわば私自身の詩の中に残存している短歌的な要素ががまんがならないから、まず私自身のそれからの解放をねがったからに他ならない」と言っている。これは小野十三郎自身がなによりも抒情を受け入れやすいということを自覚したうえでの、そんな自分を戒めるために言ったことばだった。俵万智の歌はこういった小野十三郎の言う「海ゆかば」や「君が代」とはなんらかかわりのない短歌である。

俵万智と短歌との出会いについては、彼女の大学時代の恩師であった佐佐木幸綱が歌集『サラダ記念日』に「跋」を寄せていて、こんなふうに明かしている。

予想とはずいぶん違った女子学生が教壇にやってきた。現在、高校の教員である彼女にこんなことを言うと怒られるかもしれないが、ぱっと見たとき、私は高校生かと思った。小柄なだけではなく、仕草や目の動かし方などが、どことなく高校生めいていた。彼女はそのとき「生まれてはじめての短歌です」と言って、そう、三〇首くらい短歌を持ってきたと思う。原稿用紙にきれいに清書されていた。

それからほとんど毎週、じつにたくさんの短歌をつくって持ってきた。あふれるように、というう表現ではまだるっこしい、噴き出すように短歌ができるようであった。おそらくは彼女の内部に眠っていた自らの音楽が、短歌形式に出会うことで目覚め、始動し、鳴動しはじめたのであった。自身の内部の音楽を発見した、と言い換えてもいい。休火山が活火山に変わる初期の状態はそんなだろうと思わせるほど、烈しく歌が噴き出してくるようであった。

佐佐木幸綱は「彼女の内部に眠っていた自らの音楽が、短歌形式に出会うことで目覚め、始動し、鳴動しはじめた」と言うが、出会ったのが佐佐木幸綱の短歌だったからよかった、だからこそ彼女を活火山にしたのだと私は思いたい。おそらくは講義を受けている先生である佐佐木幸綱を歌人と知ったことで、すでに刊行されていた佐佐木幸綱の第一歌集『群黎』や第二歌集『直立せよ一行の詩』を読んでいたろう。佐佐木幸綱と言えば祖父は有名な国学者で歌人でもある佐佐木信綱だし、父も母も歌人という代々歌人で国学者という家系である。もちろん三代目ではあってこのことは直接に云々するにあたらない。何よりも彼は時代を新しくしている。大学入学当時は反安保闘争の渦中にあり、デモにも参加した。そんなこともあって反安保闘争やベトナム戦争など時代の影を色濃く受けている。「枯野ゆく玩具の兵隊討たんまえ次の世代の全学連よ」、「戦場に逝きし火傷の青年を瞳に飼いて父と呼ぶとぞ」、「戦後史の裏面たわめて颯爽と飛んで灯に入る老兵の夏」。『群黎Ⅰ』所収の「明日の兵士」からこうして恣意的に引いたが、わざわざ兵士に焦点をあて、項目を立ててまで歌わずにはいられなかったということは、反安保闘争が挫折したあとの精神的空白感を持った多くの若者の一人として、ふたたび戦争を繰り返してはならないという気持ちの反映でもあろう。幸綱は傷痍軍人が松葉杖をついてアコーディオンを弾きながら街角に立っているのを見て育った世代であった。また「ヴェトナム」では、訪れたサイゴンで「青あわきアオザイゆらゆら直立てる痩身の少女の足靡かせる」、「異国人なれば気儘に酔い痴れて外出禁止の夜道帰り来つ」と詠んでいるが、ヴェトナムではまだ夜間の外出は禁止されていた状況のなか、彼がこの地に立って歌わずにはいられなかった思いも伝わってくる。佐佐木幸綱は小野十三郎の言う「短歌的抒情」が戦争になど利用されない、同時にけっして引きずり込まれない現代短歌のリズムについてしっかり注意をはらっている。一九六〇年の反安保闘争のときにはまだ生まれていなかった俵万智はこの佐佐木幸綱の、時代の先端を見据えての批評の眼差しや現実に鋭く切り込んでいく方法意識などに共感したかもしれない。そして現代短歌（口語自由律短歌）の魅力にはまったと言ってもよいだろう。自分もやってみたい衝動に突き動かされたのだろう。ただ俵万智は佐佐木幸綱に関心を持ったが塚本邦雄のような極端なモダニズムにはいかなかった。そこが面白い。まずはここで『サラダ記念日』からその短歌を読んでみよう。

空の青海のあおさのその間サーフボードの君を見つめる

「また電話しろよ」「待ってろ」いつもいつも命令形で愛を言う君

「俺は別にいいよ」って何がいいんだかわからないままうなずいている

愛人でいいのとうたう歌手がいて言ってくれるじゃないのと思う

革ジャンにバイクの君を騎士として迎えるために夕焼けろ空

まちちゃんと我を呼ぶとき青年のその一瞬のためらいが好き

「嫁さんになれよ」だなんてカンチューハイ二本で言ってしまっていいの

最初の四首は「八月の空」、あとの三首は「野球ゲーム」から引いた。一九八六（昭和六十一）年「八月の空」で第三十二回角川短歌賞、その前年「野球ゲーム」で次席となり、一九八七年に『サラダ記念日』として刊行したことで歌壇の話題をさらった。この歌集は現代歌人協会賞を受賞した。

俵万智は一九六二（昭和三十七）年生まれでこのとき二十五歳だった。それにしても、この時代、俵万智ブームはなぜ起きたか。なぜこれほどまでに大衆にアピールしたか。ここは興味ぶかい。「大衆にアピール」というこの大衆はこの当時の俵万智に通じる同世代の、戦争も戦後も、安保も知らない世代の若い男女だ。おそらくは大学のキャンパスで知り合った男女の学生の日常が軽いタッチで歌われる。「また電話しろよ」、「待ってろ」、「俺は別にいいよ」、「嫁さんになれよ」なんて男のほうから声をかけられてそのままの会話を使った歌の作り方も俵万智特有のオリジナルだ。私の学生時代は男子学生がこんなふうに気軽に声をかけないし女子学生もそんなことを言わせるスキを見せなかったから、平成一桁時代を目の前にしたこの時代の学生気質も見えて面白い。そして「サーフボード」、「革ジャン」、「バイク」、「カンチューハイ」といったようにふんだんにカタカナ書きの単語を使い、これらの用語が歌のなかに出てきたときに、当時の若者の風俗も浮き彫りになる。たとえば俳句では西東三鬼が「水枕ガバリと寒い海がある」、「石炭にシャベル突つ立つ少女の死」、「秋の夜の漫才消えて拍手消ゆ」、「焼酎や頭の中黒き蟻這へり」というように「水枕」、「石炭」、「漫才」、「焼酎」といった単語を大胆に使っているし、ほかにも「鮟鱇」とか俳句では使ってもそれまでの短歌では基本的にこういう単語は使わなかった。俵万智は怖いもの知らずで、普段使っている単語や会話を大胆に入れていった。佐佐木幸綱の「全学連」、「戦場」、「兵士」を「カンチューハイ」に置き換えていったと思えばよい。

ところで俵万智は大学卒業後、四年間高校教師をしているが、その後半の二年間でこの歌集は刊行されたのだった。一九八〇年代後半から一九九〇年代初頭にかけてのこの時代と言えば、バブル経済が崩壊し、不況の時代に入るころで、戦後思想とは明確に一線を画するころである。「ポストモダン」とか「サブカルチャー」といった言葉が横行していたし、ブームと言えば記憶にあるのは「たまごっちブーム」で、私の周辺の若い人たちは育てるのに躍起になって、「食べてくれないの」とか「死んじゃった」というのが日常会話で交わされていた。私などは子育て真っ最中だったから「たまごっち」を育てる余裕はなかったが、この時代に青春を過ごした俵万智らにとってはさまざまな流行に翻弄された時代だったと言えるかもしれない。俵万智の短歌はまさにそんなバブル期突入寸前の、何でもありの時代で、軽さを表現しているとも言えるが、裏返せば新しい表現が模索された時代でもあったと言っていいだろう。最初に掲げた「空の青海のあおさのその間……」の一首は、当然若山牧水の「白鳥はかなしからずや空の青海のあをにも染まずただよふ」の本歌取りであるが現代的でシャープ。総体的に言えば、彼女が意識したかどうかはともかく、牧水を使いながら牧水の短歌のリズムは毀している。この短歌については、「現代詩手帖」二〇〇七年十一月号が特集「詩歌句スクランブル」を組んでいて、そこで「言葉が息づく場所――詩と短歌の間」と題しての興味深い俵万智と和合亮一の対談があるので見ておこう。

和合　俵さんの歌のなかには、例えばいまの若山牧水の歌がそうなのですが、オーソドックスな短歌の素材も扱われているわけです。ここで現代のリズムのなかにぴったりと溶けこんで、新しい息吹のようなものを獲得しています。これもやはり俵さんの筆の特徴ですよね。このような引用の方法はひいては、特に若い層に短歌の伝統を広めているということにもなるんじゃないでしょうか。

俵　推敲する過程で、五七五七七にことばを乗せていくんですが、そのときにデコボコしていたり、解凍するのにうんと力がいるところはなるべく削るようにして、ひとの心に滑らかに五七五七七に乗ったことばが入っていければいいなといつも考えています。

和合　（略）古典作品が創作の源のひとつになっているということはありますか。

俵　古典はひとりの読者として好きなものですから、これを次の世代に手渡すということに、自分のなかではつねに三分の一くらいのエネルギーを注いでいるという感じはあります。（略）

ここで私は俵万智が「ひとの心に滑らかに五七五七七に乗ったことばが入っていければいい」と言っていることに注目する。短歌形式はけっして手放そうとしていない。五七五七七の形式に言葉を乗せて、スムーズに歌を作る。短歌に親しんでもらうことで未来の若者たちに古典の心を手渡したいと明確に意図している。この「空の青海のあおさの」については彼女自身が岩波新書刊のエッセイ『短歌をよむ』で「一首の世界を立体的にしてくれる魅力的な手法である。掛詞のほうは、同音を利用した序詞と同様、現在ではほとんど使われないが、本歌取りの試みは、結構なされている。私自身も興味を持って、何度もトライしてきた」と自解している。ついでながらほかにも彼女の

「恋という遊びをせんとや生まれけん　かくれんぼして鬼ごっこして」は『梁塵秘抄』の「遊びをせんとや生まれけん　戯れせんとや生まれけん　遊ぶ子供の声聞けば　我が身さへこそゆるがるれ」を本歌取りしたもの。伝統を重んじながら、そこからはみ出していき、現代詩の口語自由律をとりいれながら、彼女独特の斬新なリズムで若者の自由気儘な生活を歌う。そこをしっかり自分のオリジナルな短歌にしたから大衆を引きつけた。と同時に大衆は何よりもそこにびっくりし共感したのだった。

ところで詩の立場から言えば、俵万智の出現にはバックボーンに八〇年代に入って現代詩に元気がなくなっていたことも見逃せない。戦後とか戦後詩とかいう言葉を使うのが面映いようになって、今までその延長線で意味性やテーマ性で書いてきた人たちも書く行為が低調になって、遊ぶか沈黙するしかない雰囲気があった。八〇年代は伊藤比呂美らが奔放な性を歌い、女性詩の時代と言われていた。ともかく現代詩が低迷しているときに詩の富を歌の世界に持ち込んで歌を活性化したのが俵万智だった。佐佐木幸綱はさきに挙げた「「嫁さんになれよ」だなんてカンチューハイ二本で言ってしまっていいの」、「愛人でいいのとうたう歌手がいて言ってくれるじゃないのと思う」についてはどれもぴたり五七五五七七で書かれていると言い、失恋の歌としての新鮮さについては「石川啄木の歌に代表されるような、明治末年来ずっと長いあいだ短歌のトレード・マークだったくらさとしめっぽさとは完全に無縁な失恋の歌である」と評し、現代の女性の気持ちのほんとうの部分がふっと露出しているところに若い女性の愛読者が多いのではないかと分析している。

それにしても佐佐木幸綱が言うように石川啄木との比較において「明るさ」、「暗さ」といった点ではそのとおりだが、暮らしにしっかり向き合い、その暮らしの実感を歌ったという点では俵万智と石川啄木は共通している。中原中也にしても宮沢賢治、萩原朔太郎にしても、この人たちはすべて啄木にさかのぼって短歌を作っている。そして俵万智が注目されたような注目のされ方をしている。もちろん啄木は俵万智とはその生活にしても時代の環境にしても違うけれども、啄木がその時代の若い人たちの共感を得たのは、なんといっても従来の短歌の調べを壊し、口語と文語のチャンポンで軽やかに生活実感を歌ったことが大きい。

ここで『一握の砂』からよく知られている四首。

東海の小島の磯の白砂に
われ泣きぬれて
蟹とたはむる

砂山の裾によこたはる流木に
あたり見まはし
物言ひてみる

大といふ字を百あまり
砂に書き
死ぬことをやめて帰り来れり

浅草の夜のにぎはひに
まぎれ入り
まぎれ出で来しさびしき心

啄木の歌はリズムが軽やかで、ついひとつやふたつは口をついて出てしまうと言う人も多いだろう。暗誦され、朗詠されて今では私たちにすっかり親しみぶかくなっている。俵万智はさきに紹介したエッセイ『短歌をよむ』のなかで「東海の」の歌をとりあげ、「の」の音でなめらかにつながってきた上の句が「に」で優しく一休み。そして「われ」と「ぬれ」とが響き合って素材的にも大きな海から小島、磯、われ、蟹……と、だんだんちいさなものにしぼりこまれて、一気に結句まで流れるようによむことができるとして、短歌にとってリズムがどんなにたいせつかということを言うための例に挙げている。そのうえでさらにこの「東海の」で言えば、上の句は口語だが下の句は文語である。ここでは「明星」から受けたロマンティシズムはすでに影をひそめ、実生活に根ざした生活意識を歌うことで、その現実に受け入れられない悲哀や挫折感が歌い込まれている。啄木の歌については生活派歌人とか生活派短歌で括られる傾向もあるが、生活を主題にしたから生活派、というように単純に括ってはなるまい。『一握の砂』は編集当初はそれまでの与謝野晶子や北原白秋、伊藤左千夫らと同じように一行で書かれていたのに、出版のまぎわになって三行に書き改められたと言われている。もっとも三行書き自体は『一握の砂』出版の八カ月まえに土岐哀果がヘボン式ローマ字綴りの三行書きで第一歌集『NAKIWARAI』を出版しており、これに示唆されたことは啄木自身が告白しているから、私がとやかく言うことはないが、こうして紙の上に置いてみると、一行だと一本の線になり、三行に切って横に並べると今度は面として目に入ってくる。そうすることで意識につまずきを与え、多面化しているようにも見える。リズムを切る、あるいは抒情に流れるのをせきとめようとしたと言ってもいいだろう。折口信夫だって短歌を四行に分けたり、一行で句読点をつけたりして、どうしたら調べがなくなるかに工夫を凝らしている。おそらくは大正期に発生した口語自由律の短歌があり、その口語自由律の短歌をどうみるかというのが常にあったのではなかろうか。啄木の歌う場所が非日常ではなく、現実の、逆に日常のモノに即して歌おうとしていることと合わせてこの三行書きの意図を思うとき、のちの小野十三郎の言う抒情の否定、物に即して歌うという方法は、既に三十一文字の定型を三行で切るという啄木の試みのなかにあると言えよう。さらに言えば、ここに引いた四首のうち、初めの二首は（五・七・五／七／七）だし後の二首は（五・七／五／七・七）というように文字を組み合わせていろんな形に置いてみるという、デザインとしての工夫もある。こんなふうに見てくると、啄木は短歌の持つ独特の抒情性、音楽性をとおしながら、すでに明治末期のこの時代に短歌という、定型という内部からじわりと繭が孵化するように、私たちの口語自由詩としての現代詩に思いを馳せていたようにも思えてくる。ながながと石川啄木について書いたのは、口語自由詩が短歌形式にあたえた影響力がいかに大きかったかということを言いたかったからである。啄木は「歌は私の悲しき玩具である」と言い、自分の歌に「玩具」の悲しみを感じるほかなかったのだが、そのように感じることで、壊しながら「玩具」のように作っていった。石川啄木と俵万智とは生活にしても、時代、その環境にしてもとうぜん違うし、むしろまったく逆と言ってもいいが、短歌の伝統を引き継ぎながら「玩具」のように作る、この流れは俵万智のなかにもあり、こういったことが私たちにも刺激を与えてくれているのだと思うとき、俵万智は貴重な歌人と言えよう。

さて、ここで改めてもう一度『サラダ記念日』の短歌五首。

「ほら」と君は指輪を渡す「うん」と我は受けとっているキャンディのように

吾を捨ててゆく人が吾の写真など真面目に撮っている夕まぐれ

見送りてのちにふと見る歯みがきのチューブのへこみ今朝新しき

いい男(ヤツ)と結婚しろよと言っといて我を娶らぬヤツの口づけ

約束のない一日を過ごすため一人で遊ぶ「待ち人ごっこ」

それにしてもこのあっけらかんとした明るさと軽さはなんだろう。「指輪」といっても婚約指輪ではない。単なる「お友だち」の証しだし、「見送りてのちに」の歯みがきのチューブのへこみは男女の秘め事についても思いは及ぶ。明らかに戦後思想とは一線を画するもので、『サラダ記念日』という歌集、俵万智が意図的にその時代の「軽さ」を模索し、表現したかどうか、そのことについてはまだ今後を見たいと私は思う。最後にもう一度石川啄木にこだわって、エッセイ「歌のいろいろ」から引く。

……よしそれが歌の調子そのものを破ると言はれるにしてからが、その在来の調子それ自身が我々の感情にしつくりそぐはなくなつて来たのであれば、何も遠慮をする必要がないのだ。三十一文字といふ制限が不便な場合にはどしどし字あまりもやるべきである。又歌ふべき内容にしても、これは歌らしくないとか歌にならないとかいふ勝手な拘束を罷めてしまつて、何に限らず歌ひたいと思つた事は自由に歌へば可い。かうしてさへ行けば、忙しい生活の間に心に浮んでは消えてゆく刹那々々の感じを愛惜する心が人間にある限り、歌といふものは滅びない。……

大事なのは何に限らず歌いたいと思ったことは自由に歌えばいいと言っている啄木の言葉である。歌いたいことは歌えばいいと言うけれどもじっさいこれは難しい。それはさておき、とりわけ歌壇や俳壇は結社が多く、師匠について教えてもらうのはいいのだが、ややもすれば同じ歌風になっているのは私など気になるところである。百人いれば百とおりの自分の作品があっていいのだ。俵万智は誰の追随も許さないほど飛び抜けている。啄木の先見性（＝時代を見る目）にも通じるものがある。生き延びるには短歌はリズムだとばかりは言っていられない。俵万智は時代や風俗やいろんな要素を入れながら、日頃は短歌に興味なんてない若い層にも裾野をひろげた、と同時に現代詩と短詩型のあいだをも縮めてくれたと思う。

日和聡子

山陰の風土と、詩を書くということ

日和聡子は山陰出身。島根県西部・石見地方、大森銀山（＝石見銀山）からそう遠くないところで生まれ育ったと聞いている。私自身は生まれも育ちも、そして現在もずっと神戸だが、結婚したことで、夫の出身が鳥取県だったこともあって山陰を知ることとなった。それにしてもとりわけ日本海側の島根や鳥取は交通の便が悪い。夫の実家は、鳥取といっても山奥の八頭郡だから帰省には難儀した。新幹線は走っておらず、同じ日本海側でも北陸にはすでに早くから特急が何本も走り、今では新幹線が開通してどんどん便利になっているのに、山陰だけは交通面から言えばどうしてこんなに放置されたままなのか。また中国地方全体から見ても、島根や鳥取には『古事記』や『風土記』はもちろん、歴史や文化、伝統などいっぱいあるのに、なぜか岡山や広島が中心になっていてまさに取り残されているとしか言いようがない。そこへ日和聡子が出てきて、その詩や絵本や小説を読むと、出雲という地方に生育歴を持つ人独特の感性が下敷きにあり、いっそうの興味をそそられたのだった。私の知る鳥取でも豪雪時には二階から出入りすることが幾日もあり、昨今のようにバス道だけにしても除雪車が来てくれることもなかったから、部屋に閉じ込められて長い冬を過ごさなければならなかった。そんなとき子どもたちは囲炉裏のそばでおじいさんやおばあさんから昔話を楽しく聞いて大きくなったに違いない。幸いなことに昔話と言えば日本には「舌きり雀」や「桃太郎」、「一寸法師」、「かちかち山」、「さるかに合戦」など知らない人がないくらいで、その種類は動物譚や笑話、教訓めいたもの、伝説や神話、地方の民話も入れればいっぱいある。そしてこれらは古くから語り伝えられてきた口承の物語である。日和聡子には、この語りともお伽噺とも言える語り口がその詩にある。

これは第一詩集『びるま』から「午宴」。

私が謝るか
あなたが謝るか
どちらかに一つなのだが
どちらも謝らないで済む方法を
二人して考えていたようなものなのだ

今日のひる

水色のくまがやつて来て
どこから来たと尋ねると
あつちの山の方だと指さす
ほうほう　と見ている
上がるかと訊くと　うなづく
そうめんを出して　二人で食べていたのだ
あなたが帰つて来るまで

昔住んでいた穴のことを話す
電気はなく　火もなかつた
雪の日は　雪に埋まる
晴れの日は　あまりなかつた
ああ　もらつた桃が棚にあるんだつた
風呂から上がつたら皮むいて食べましょう

どつちかが謝るしかないのだが
どちらもいいんけんで

ごうよくなものだから
昼に水色のくまが来たからとて
何の障りが
あるというのだ

面白い。結婚している若い男女のちょっとした諍いだ。夫のいない日の昼間、訪ねてきた「水色のくま」は水色の服を着ていたのだろうか。家に上げてそうめんまで一緒に食べたというからこの男とは以前からの親しい間柄で、帰ってきた夫に正直に事の顛末を告げたあとの夫の反応がこの詩を生んだ。くまなる男が来たからといってなんの差し障りもないではないかと本音で収めて、妻の気分はすっきりしたに違いない。三連の「電気はなく　火もなかつた」からは山上憶良の「貧窮問答歌」にあるような古代人の暮らしとか、「雪の日は　雪に埋まる／晴れの日は　あまりなかつた」からは山陰特有の冬の様相とかを連想させる。山陰の冬の空はどんよりと重く垂れ下がって鬱陶しい、その雪国特有の風景をうまく詩のなかに溶け込ませている。とはいえ、詩はあくまでもフィクションだから実生活をそのまま詩にしたとは思わないが、固有の日常的現実を引きずりながら上手く言葉をつむぎだしている。

また地方といえば方言だ。彼女の詩を読んでいてとりわけ目につくのが「おる」という動詞である。

三日間
山の中に籠つておつた

誰が造つたのか
ささくれの立つた木枠の中で
牛枝からの手紙を
繰り返し
読み返しておつた

いちじく検診には
姿を現さなかつた
三月の末の折には
影が動く程度であつた

帰り道
買い求めた魚は死んでおつた

しんと冷えた台所の床の上に立つと
胴から真つぷたつに切つた
白くのぞく腹身からは
一滴の血すら
滲まなかつた

「参籠」から引いた。ここでは「おつた」が三回使われている。こだわるようだが私の知る鳥取では、「いらっしゃいますか」と問えば「おろうで、さっきまでここにおったけぇ」と返ってくるし、いないときは「おらんで」となる。それをなお丁寧に使えば「おりんさらんで」といった具合だが、詩のなかにこんなふうに使うと不思議と新鮮だ。もともとこの「居る」は文語文法では「居り」「在り」「侍り」のラ行変格活用の動詞だから古語なのだが、島根や鳥取では日常的に使われていて方言の自覚はあったかどうか。荒川洋治も『唐子木』から「馬が来ておる」、「握飯を想うておる」、「白い箱の底に重ねておる」を引いて、「「おる」のあとにつづくものが忽然と消えるのだ。でもぼくは「おる」ひとつにも詩というものの興味を感じ、陶然とする」と関心を示している。それにしてもこの詩、冒頭の「三日間／山の中に籠つておつた」から惹きつけられる。なぜそんな山中に三日間も籠っていたかは語られない。カフカの『変身』冒頭、朝起きたらグレゴール・ザムザがなぜ毒虫になっていたか語られないまま物語が始まるのと同じだ。ささくれの立った木枠のなかで牛枝から届いた手紙を繰り返し読んでいる、この「牛枝」とは地名だろうか人名だろうか。日和の詩には「午宴」の「水色のくま」のほかにも「八時までに亀は帰つて来ますよ／そうのんさんに言われて／待つていた」で始まる「亀待ち」の亀やのんさん、詩のタイトルの「投石大臣」や「犬師」、作中人物としては「ふなばたさん」、「牧野さん」、「墓見師」、「いわひさん」、「後川先生」、「あしたばさん」や、猿、蛇、鳩、犬などなど、『びるま』から恣意的に拾っただけでもたくさんの動物や固有名詞を登場させている。『びるま』は『唐子木』より一篇の詩が短い。そこに主語としての人物や動物をふんだんに登場させて日常の風景を日和特有の幻想によってドラマにしてしまう。いきいきと言葉が映像化しながら読み手につたわってくる。これが日和聡子の不思議な、と言ってしまっていい詩の世界、魅力的でもある。

ところで「現代詩手帖」二〇〇三年五月号が日和聡子と蜂飼耳との「いま詩はどこに届くか」という読者をめぐっての往復書簡を掲載している。それを読むと、日和はかつて詩が書けない状態に陥っていたことがあったという。というのはその当時「現代詩」というものを鼻持ちならないものとしてほとんど毛嫌いしたためだと言い、「詩が読まれない」というところの問題と「現代詩が読まれない」といったときの問題にそれぞれどこか内訳やら意味合いやらに、別々の要素をふくんでいるのではないかと思われて、そこをとばして一緒くたにできないのではないかという気がすると、「現代詩」についての疑問を呈している。おそらく日和聡子はまだ詩を書き出して間もないときに「現代詩手帖」誌上の詩を読んでとても手に負えない、これは自分が書きたいと思っている詩とは違うと自覚したのだろう。「私はその後思いがけず尾形亀之助の詩に出会って、ふたたび新しく詩を書くようになったのですが、そのときには、はっきりと、自分はいわゆる「現代詩」というものとは全然違うものをやろう、いまの詩の中に、「現代詩」とはまったく違うものを投げ込むのだ、という意識を込めて出発した。その思いは、いまでも続いていています」と、ここはいまの日和の仕事の根っこを知るうえで大事なところだ。エッセイ「風の成分」でそこをこんなふうに書いた。

私が尾形亀之助の詩に出会ったのは、二十代のはじめのころのことだった。（略）彼はおそらく二十八歳、第二詩集『雨になる朝』を刊行したばかりであっただろうか。出会ったときにはまだいくつも年上だった尾形亀之助が、今はすでに年下のひととなって、しかし私には以前と少しも変わらぬ表情で、ふたたび大事なことを気づかせてくれたように感じている。

《散文にも詩があり得る。小説、戯曲、音楽、建築にも詩はあり得る。そして、いはゆる詩型によつて書かれたものにも詩はあり得る。又、月にも花にも詩があり得る。だから散文にも詩がないこともあり、小説、戯曲、音楽、建築に詩がないこともあつた。そして、詩型によつて書かれたものにも同様である。だが、不幸なことにわれわれは「詩型」によつて書かれてゐるが故にそれを詩と言はなければならないことになつてゐる。もつと不幸なことには詩とはいはゆる詩型のことになつてしまつてゐる。》

これらの主張は、私自身の考えともほとんど重なり合うものであるが、今の私にとって大事であると感じられたことは、ここで彼の述べる詩論に共感や納得をする・しないということよりも、むしろ、このような姿勢で〈詩〉と向き合うといった心の持ちよう、その身内にたくわえ、さらに放出する熱、そしてこの態度と活動を遂行するための、一種の覚悟と勇気をかき立て、呼び起こしてもらったことにある。

日和がふたたび詩を書く勇気をもらったという尾形亀之助は実際まことにユニークな詩人だ。宮城県の茫々たる屋敷のなかには森があるようなすごい金持ちの家に生まれた。ところが一九四二（昭和十七）年、四十三歳で無頼の生活の果てに死んだときには家も家財道具も何もない。生きながら消えていくことを考えていた詩人と言ってもいいだろうか。尾形の第三詩集『障子のある家』の「自序」には、「何らの自己の、地上の権利を持たぬ私は第一に全くの住所不定へ。それからその次へ。／私がこゝに最近二ヶ年間の作品を随処に加筆し又二三は改題をしたりしてまとめたのは、作品として読んでもらうためにではない。私の二人の子がもし君の父はと問はれて、それに答へなければならないことしか知らない場合、それは如何にも気の毒なことであるから、その時の参考に。同じ意味で父と母へ。もう一つに、色々と友情を示して呉れた友人へ、しやうのない奴だと思つてもらつてしまうために。」とある。またこの詩集は全部が遺書で、サブタイトルとして小さく「あるひは（つまづく石でもあればそこでころびたい）」とあり、これが尾形の本音だ。

昼頃寝床を出ると、空のいつものところに太陽が出てゐた。何んといふわけもなく気やすい気持になつて、私は顔を洗らはずにしまつた。

陽あたりのわるい庭の隅の椿が二三日前から咲いてゐる。

机のひき出しには白銅が一枚残つてゐる。

障子に陽ざしが斜になる頃は、この家では便所が一番に明るい。


尾形亀之助の詩「三月の日」から引いたが、ここからは倦怠による喪失感や空虚感がひしひしと伝わってきて、この詩を書いたそのときの心象がよく見える。尾形亀之助が「亡骸(なきがら)の詩人」と言われる所以である。人間にはこういう生の経験もある、何もしないのが事件でもあると言いたかった、そこを書いた。「色々と友情を示してくれた友人」とは草野心平らを指すが、草野が高村光太郎とフランスに行くとき一緒に行かないかと誘ったが、「お互いによそうや、他人のことを干渉するのは」と断ったというエピソードもある。重ねて一九四二（昭和十七）年、尾形が死んだ年に発表された詩「大キナ戦」も読んでおきたい。

五月に入って雨や風の寒むい日が続き、日曜日は一日寝床の中で過した。顔も洗らはず、古新聞を読みかへし昨日のお茶を土瓶の口から飲み、やがて日がかげつて電燈のつく頃となれば、襟も膝もうそ寒く何か影のうすいものを感じ、又小便をもよふすのであつたが、立ちあがることのものぐさか何時までも床の上に坐つてゐた。便所の蠅（大きな戦争が勃発してることは便所の蠅のやうなものでも知つてゐる）にとがめられるわけもないが、一日寝てゐたことの面はゆく、私は庭へ出て用を達した。

青葉の庭は西空が明るく透き、蜂のやうなものは未だそこらに飛んでゐるらしく、たんぽぽの花はくさむらに浮んでゐた。「角笛を吹け」いまこそ角笛は明るく透た西空のかなたから響いて来なければならぬのだ。が、胸を張つて佇む私のために角笛は鳴らず、帯もしめないでゐる私には羽の生えた馬の迎ひは来ぬのであつた。

若い日和聡子が尾形亀之助の徹底した生き様に共感し、そこから詩を書く気力を得たというこの感性に私はあらためて驚愕する。日本中が戦意昂揚を強いられ、軍国主義一色の時代については便所の蠅のようなものでも知っているというのに、尾形は何もしたくないと言い、そのしたくないという思いを徹底させたのだった。自分の気持ち、自分の言葉に正直であろうとすればするほど、この時代とは相いれないものを感じた。何もしない、と言えば簡単だが、何もしないで国家総動員して戦争に突入しているこの時代を生きることは容易ではない。日和はこの尾形の生きる姿勢、このような姿勢で「詩」と向き合う心の持ちように共感し、教えられたのだった。そしてこのような尾形の生きざまを通して自分の考える詩、生きることにつながる文学としての自分の詩の未来に勇気を呼び起こしてもらったのだった。

尾形亀之助は第一詩集『色ガラスの街』上梓のころは未来派美術協会に入って油絵も描いていた。また村山知義らによる新興美術家の集団「MAVO」に参加し、萩原恭次郎や小野十三郎らアナキズム系の詩人とも出会っており、『色ガラスの街』なんてタイトルそのものも当時の生活から言えばいかにもモダンだ。一九三〇（昭和五）年になると春ごろからガス自殺を口にするようになり、やがて家のなかのものを全部売り払って『障子のある家』を七十冊作って、妻とふたりで上諏訪に死にに行っている。草野心平が心配して見に行かなかったらどうなっていたか。妻には三度も四度も家出はされるし、最後は喘息が悪化して死ぬ。思えば私たち人間は今なぜ生きて在るのかそれさえわからない。一九九五（平成七）年一月十七日の阪神・淡路大震災だって五時四十六分の前と後ろで何もかもひっくり返った。一寸先は闇だ。死んでしまえば無だ。尾形は二人の子どもに父が生きた証しとして詩を遺した。そして日和聡子は尾形の、人生への向き合い方、心の持ちよう、遺書としての覚悟をもってありのままの自分の生活を作品化する、作品が遺ればいいという尾形の作品行為への情熱に奮い立たされたのだった。そのうえで日和聡子は尾形の言う「詩とはその「詩型」によって書かれたものが詩と呼ばれ、詩とは同時に「詩型」のことになっている」という言葉に示唆を得て、詩型にこだわらず、自分の詩を書く、文学への挑戦となったと思う。

考えてみれば小説にも戯曲、音楽、建築にも、神話や伝説や『古事記』、『風土記』のみならず、『今昔物語』、『宇治拾遺物語』にも、昔話を題材にした名もない作者の『御伽草子』にも詩はある。日本語には古語のなかにたくさんの豊かな言葉がある。古語を使うとそこにはその時代に生きた人々の暮らしのなかに息づいた言葉がある。日和聡子は『古事記』や『源氏物語』を日和固有の、詩人としての感性で口語訳する、そして古典を今現在自分たちが普通に使っている言葉で書くことによって、多くの読者に楽しんでもらいたいと、「現代詩」を読まない読者、現代詩から遠くにいる人たちを頭において口語訳することとなった。これは日和聡子の詩人としての挑戦と言っていい。小池昌代、江國香織、島田雅彦、町田康らとの『源氏物語　九つの変奏』、ある島の、いつと知れない出来事、そのありさまを、写し、記したと謙虚に語る『おのごろじま』はいざなぎ、いざなみの「みとのまぐわい」から筆を起こしているし、『うらしま』は『御伽草紙』から想を得た現代版絵本だが、これらは深く古代まで分け入っての日和の仕事である。

竜宮から
土産に玉手箱をもらって帰る

「けっして　あけては　なりませぬ。」

日にやけた畳の部屋へもどると
手箱は簞笥の上へあげたまま
卓袱台で茶を淹れて　一人すする

窓の外は休日
何もかわらぬ　景色
に見える

——こつ。　こつ。
午睡のまどろみに戸敲くものありて迎えれば
独居の連休に　故郷がとどく
額づきてただちに箱をあければ
山菜と　米と　手紙が
たちまちぼうと　白くかすんだ

（帰って来る——。
（帰らない——。

手箱の上に時は積もれり
あけてはならぬ蓋をしずめて
振れぬ柱時計の螺子を巻きに立ち上がる

文机の上には反古の山
うずたかく積もるその頂より
はるかにもゆる郷里の山を仰ぎ見て
開け放した二階の窓から
一条しずかに　のろしを上げる

これは詩集『風土記』所収の詩「玉手箱」。言うまでもなく、小さい子どもでも知っている「浦島太郎」が下敷きになっている。竜宮城から亀の背中に乗って故郷に帰った浦島太郎が玉手箱をあけるところについては、原典の『御伽草紙』に「さて浦島太郎は、一本の松の木蔭に立ち寄り、呆れはててぞ居たりける。太郎思ふやう、亀が与へしかたみの箱、「あひかまへてあけさせ給ふな」といふけれども、今は何かせん、あけて見ばやと思ひ、見るこそくやしかりけれ。此箱をあけてみれば、中より紫の雲三すぢ上りけり。是を見れば、二十四五の齢も、忽ちに変りはてにける。」とある。『御伽草紙』は室町時代から江戸時代初期に成立した。一連、二連は明らかにこの「浦島太郎」から筆を起こしながら、三連冒頭は「日にやけた畳の部屋へもどると」というように、ストーリーへの展開の鮮やかさは読者を逸らさない。畳も卓袱台も日本家屋の象徴であり、戦前から戦後にかけてのひとつの時代を暗示することとなった。土産にもらった玉手箱は簞笥のうえに置いたまま開けない。しかし、故郷から届いた小包はおしいただくようにして直ちに開ける、その対比も鮮やかだ。「日にやけた畳」はよほど日射しが差し込む座敷でなければこんなふうにはならないし、柱時計と言い、それがいちいち螺子を巻かないと動かない時計と言うのだから、よほどの田舎の旧家に違いない。都会の狭い部屋を借りて住む若い女性は都会での一人暮らしだ。一行一行の言葉のつなぎ方、ほどき方と言っていいだろうか、「いま」の生活に密着しながら、急がず丁寧に細部にも気を配りながら、筆をすすめていく。「はるかにもゆる郷里の山を仰ぎ見て／開け放した二階の窓から／一条しずかに　のろしを上げる」という結びの三行は「浦島太郎」の玉手箱を開けた煙を連想させる。浦島では「紫の雲三すじ」は直接顔にかかって浦島を老人へと変貌させた。日和聡子は山菜や、米、添えられた手紙の入った箱をおしいただくようにして開けて、父母の住む懐かしい故郷へ一筋ののろしを上げたのだった。そして生い育った故郷での暮らしは竜宮城での夢のような日々にも匹敵すると暗に言っており、この詩の奥行き、裾幅のひろさも感じさせる。余談だが竜宮城でもらった玉手箱は開けなければ七百年も生きることができたのだった。詩集『風土記』には現実の生産生活の場と郷土が古典と絶妙にからまりながらストーリーになっていて、日和自身が詩と言うから詩なのだが、童話と言えば童話だし、掌篇小説だと言えばそれでも通用する。「詩型」に捉われず、詩を書きたい、書こうという決意が日和のこのような仕事となった。

「玉手箱」の流れで言えば、つぎの「浦島之盃」は百行以上から成る詩だが、冒頭のみ見ておこう。

蓑亀の毛をべっ甲の櫛で梳かしながら、店主が振り返って挨拶をした。

「新しいのが入りましたよ。」

「どんな?」

敷島は棚に目を向けながら長いあくびをひとつした。

「これですよ。」

蓑亀を棚に戻すと、店主はその脇の段から小さな木箱を取り出した。

「瓜ね。」

敷島はふうんという風に顎を持ち上げて、下目遣いでそれを見た。

*

浦島は柱の暦を見た
暦は先月のままだった
一昨年の先月のままだった。

ひさしぶりに帰った家で　誰も居ぬ仏間の畳に寝転がる
仏壇の扉は閉まったまま
帰郷の挨拶も碌碌せずに横たわる非礼を心中で詫びて手を合わせる
長旅に疲れ果て　一度倒れ込んではひょっくり起き上がる気力も根も残っていない
そのまま痩せた身体を重たく畳に沈み込めては眠り込む

このあとは小蛇が出てきたり、亀が出てきたりして進行し、最後はこの瓜型の小さな陶器はまん中から割れてふたつの可盃になった。その内側には土産の箱を脇抱えにした浦島の絵が鏡写しになって双方に画いてある。話体を上手く生かしながら日和のイメージはどこまで広がっていくのか。同じ「浦島」を素材に使いながら、日和固有の不思議なというか、風変わりな世界へと読者を誘いながらひとつの物語を完成させるこの才気、私自身もおおいに刺激をもらった気がする。

それにしても、日和聡子は詩を書けなくなったときに、尾形亀之助の詩と出会って、いわゆる今の「現代詩」とは全然違うものをやろう、今の「現代詩」にまったく違うものを投げ込むのだと決意して再出発したその思いが貴重な仕事となった。またその詩を読むと、古代や故郷、郷土へのイメージを読者に彷彿とさせるが、私たちが詩を書くとき、現在と古代、都会と田舎といったことを意識して書くわけではない。生きてきた時間のなかでみずからが培った言葉で書くのだから、どれだけ豊富に自分の語彙を持っていて、その書く行為のなかで紡ぎだされるかであることは言うまでもない。それにしても詩の言葉はシンプル。言葉と言葉をぶつからせたり、からませたりしながら日和独特の詩の世界を作り出している。誰の追随もゆるさないのは古典をとおして得た詩の言葉で巧みに織り上げながらストーリーを作っていっているからだろう。

私が「詩」の問題と「現代詩」の問題を分けて言いたがったことの裡には、「詩」と「現代詩」

が「異質なもの」というのではなく、むしろ「現代詩」は「詩」の中に含まれる、ただそこにおけるわずか一ジャンル、一かたまりに過ぎないものととらえる感覚がありました。（略）どこか潜在的に、カッコ付きの「現代詩」というある種の固有な要素をはらむものでもあるような気がするのを、見過ごしには出来ない感覚がありました。

もちろん、そもそもの書き手としての私は、ただ「詩」を書いている意識なのであって、「現代詩」を書いているという意識ではありません。そういった「現代詩」の問題やしがらみに拘泥することなく、「書くだけのことを書くだけ」という意識でやりたいと思っています

日和聡子は一九七四（昭和四十九）年生まれ。今の「現代詩」にノンを突きつけながら、その突破口を開こうと挑戦するこの若い詩人の、「現代詩」についてのこういった謙虚な声にも耳を傾けながら、日和聡子の今後の仕事に期待したい。

蜂飼耳

「ラ・メール」以後・新世紀へ

私はここまで与謝野晶子に始まって、私より後の世代の詩人まで連綿と書いてきたが、最後はこの蜂飼耳でまとめたいと思う。といって蜂飼耳がそれにふさわしいかどうかはわからない。ただその条件には詩の未来にむけての可能性を蜂飼耳がどんなふうに持っているかどうかで、そこが興味津々、私なりにさぐりたいとの思いが強く私を突き動かしたのだった。蜂飼耳は一九九〇年代の初頭、地元の図書館でたまたま「現代詩手帖」を手にして、それを読んだことがきっかけで詩を書き始めたという。一九九〇年代の初頭と言えば、八〇年代の「ラ・メール」が終わったことで、とくに女性の詩についてはひとつの節目ができ、言葉の価値観も変わっていく時期に入っていたと言っていいかもしれない。そんな折りも折り、詩と出会い、書き出している。有形無形に戦後詩のなかでそだってきた私などにとっては、一九九九年に上梓された彼女の第一詩集『いまにもうるおっていく陣地』のタイトルにまずびっくりした。そもそも「陣地」なんて言葉は戦場言葉で、「広辞苑」（第三版）には「敵と交戦する目的で戦闘部隊が拠って、攻撃・防御の準備・配置をした場所」とある。要は陸戦において交戦目的で部隊が陣取った場所であり、戦争が終わって間もないころの子どもたちは時代にならって「陣地取り」という遊びをしたものである。地面に二メートルくらいの四角形を書いて、四人が一つのチームを組み、四隅のそれぞれの陣地から小石を指ではじきながら、自分の領土を広げていくのだが、まさに陣取り合戦だった。もちろんその陣取った場所の広い人が勝ちだから、攻めて占領するという意味もある。こんなふうに「陣地」という言葉を戦後の生活のなかで体感してきた私のような世代にとっては、詩の言葉として使うのはいささかの躊躇がいる。しかしこの「陣地」を戦場言葉と知ったうえで、あえてそこを意識して詩集のタイトルにしたのであれば、二十世紀末に登場した興味ぶかい詩人、という思いを私が蜂飼耳に持ったとしても無理はないだろう。

まずは詩集と同名の詩「いまにもうるおっていく陣地」を読んでみよう。

夏草の暴力に囲まれたその廃屋を　見つけた時
だれもすんでいない、だから　踏み込むのを
ためらうが　入口の引き戸は握り拳ほど開いているよ
わたしたちは負けてしまう　ほこりぎしぎし
はげおちた　つちかべ　いうまでもなく　ゆきのくものす

だが　翠碧のそらを切り取る窓際の流し場の

蛇口は　なぜか　いきていて
ひねってもいっこう締まらず
つらら　のような
みずのはしら立ちつづけ

オー、ワカッタ、コレハ湧水ヲ引イテルノネ
建物の外側から窓ガラスをたたいて彼女は　そう
おしえてくれる　それから　物体のようなダンボールを
開いてみると　なかに　口の欠けたオカリナがたくさん
はいっていて　ミンナ置イテ　ドコヘ行ッチャッタノカナ
流れに沿う　セリ　ながれに　そう　クレソン　人は去り
ともかくも

あいをあいした痕跡が
かべいっぱい　イコンのように

うめつくすはずれかかる

水際にあってこの家は植物になりかけるもはやその類の
ものだこうしたいきづかいは　こうした　いきづかいは
（踏まなければいいが）
その瞬間、やっぱり気付かず　彼女は　落ちていた
楽譜の断片をやすやすと　踏んだ
グレーと金の音が散った

この詩は詩集の冒頭におかれている。今は住む人もいない、夏草の暴力に囲まれた廃屋、夏草は繁殖力旺盛で、平屋なら覆われてしまいそうな勢いだが、作者の実際見た体験の場所が詩のモチーフとなったと思いたい。その家は湧き水を蛇口に引いて、かつては住人が生活用水として使っていたようだ。使っていたのを見たことはない、すなわち作者の体験していない虚構あるいは、イマジネーションで書かれていて、詩が生まれる土壌が見える。ずっと出っぱなしの湧き水によって、廃屋は「植物になりかけるもはやその類のものだ」と。このフレーズは十分効果的だ。「類」とは人類とか生類とか、動き回る類と、動かずそこにしか生きられない木や草のような植物とか海藻や藻のような類があり、この廃屋は人から植物の住み処になりかけているのだから、いまにもうるおっ

ていき、「陣地」を増やすのは植物の類ということになる。「蛇口は　なぜか　いきていて」というように単語を切ったり、ひらがなの、カタカナの、使い分け、二、四連は二字落としての工夫もある。またリズムもあり、「こうしたいきづかいは」がリフレインされているが、リフレインしながら詩の言葉は「（踏まなければいいが）」というフレーズに辿り着いたと言うべきか。一篇の作品に細やかな気配りがある。まさに蜂飼耳は個性的。独自の世界を展開している。この詩、崩壊感覚で始めて、「廃屋」という捨てられたものから再生する物語りと読んでもいいのだが、もっと深読みしたい思いがこみあげてきた。「陣地」にこだわるならば、「（踏まなければいいが）」にカッコがついており、ここには作者の思い入れもある。そのあと「踏んだ」と続くと、踏んだのが地雷というふうにも読める。地雷は人が踏んだり、そのうえを車（戦車）が通ったり、接触することで爆発するバクダンだが、カンボジアなどにはまだ多くの地雷が地中にあり、今も子どもたちが多く被害にあっている。踏んだとする「楽譜の断片」はメタフォア。太平洋戦争とかカンボジアの内戦とか国内外の歴史が意識のなかにあったとしたら、彼女は詩の言葉を現実の世界認識からもらってきている。しっかりとした歴史認識、批評眼を持って、彼女は想像力、幻想でタッチして作品化する。のびのびと書きながら、言葉が強いのはそのせいだろう。現代詩文庫『蜂飼耳詩集』の「散文」で、「詩は、それまでにないものの見方を示す方法の一つにほかならない。言葉が言葉を照らし出し、それによってさらに別の言葉に光が当たり、一編の全体図へ向かって力に似たものを集めていく。見慣れたものも、見知らぬものになっていく。一編の詩が生まれる途中の、計画性はないにもかかわらず、言葉を必然的に引っぱっていく力、動き。それが詩だろう。／次になにが出てくるのかは、わからない。けれど、出てきたものは、ほとんど説明しがたい次元で素早く動く選択と判断の流れにさらされて、言葉と言葉のあいだに居場所を定めようとする。言葉は、定められてしまうことから逃れようとしながら、それでも場所を得て、他の言葉を支えたり、あるいは飛び越したり、裏切ったりする。そんな繰り返しのなかに、リズムやテンポが織り出される。一編のかたちが浮かび上がってくる」と蜂飼耳は自分の考える詩について書いている。こんなふうに言えるのには言葉についての十全の信頼がなければなるまい。また言葉は生き物で、人間が思いのままに操ろうとしてもそう簡単にはいかないという認識がある。だから「夏草の暴力に囲まれたその廃屋を　見つけた時」と最初の一行を言葉にしたその次の行からは何が起こるかわからないままに言葉に誘われて書いていく。言葉の深い森のなかに入って、少しずつ前へと進んでいく細心の用心深さを思ったりする。谷川俊太郎は「詩は一切の曖昧な私性を完全に追放してしまう」と言っている。最終的にはいい詩は独特の個性、私性が大事。しかし曖昧さは不要なのだ。なぜならそこには雑念というか、世俗的な垢にまみれた諸々が入ってくる。

ここで、もう一篇。同詩集所収の、六連構成七十行の詩「アサガオ」も見ておこう。

だれそれが当選確実、というニュースを
ラジオから女の声で受け取りながら右腕は

ひとのもののように　通りすがりの
献血をすませた　翌朝　思い切りのよい
傘のようなあおく澄んだ　アサガオの
開花があった
猫に鈴と紐をつけて歩かなければならない時は
ひとや　犬の散歩コースを　避けることになる
あまりあおいものを見ると眼底がいたむ
しかし咲いていているうちに戻って来たい
と思い　足の数では負けている猫により
引かれていく

突き当たりに祠を持つ　竹林のあいだの
一本道は猫も気に入っていた　そこに
さしかかったとき　小学生の女の子が
名札とスカートをひるがえして竹の中から
飛び上がり　泣きながら　駆け出した
猫のようにおどろいていると

ぞわっ　と鳥肌立つタカムラ、
ついで　もとひかる竹と竹のあいだから
年取った男の　険しい顔が
浮かびあがった　猫の虎が紐の縄を
底力で引いたので　来た道を
戻るしかない　見てきたばかりの
アサガオのあおいろが　かさぶたのように
はがされ　左胸で　滲んだ

はたけのほかにワタシはわずかばかり
竹藪を持っていますやよいうづきに
かけては　たけのこが取れる　そうでなくても、
時折は手入れをしなくてはなりません
どの節のあいだも空洞だ　そう　思うだけで
こころのいっぱいになる竹藪です
すずめのやどもある
余計な下生えを刈るため　なたを持って

入っていくとぱきぱき鳴った
そして　突然　そばで女の子が立ち上がり
泣きながら走っていったのです　これはこれは。

これはこれは、彼のすり減った靴底が
ふり積った砂いろの竹葉を踏みしめながら
やって来た　あたしは巣の中から
みていた　ちいさい女の人が　空席を作り
やぶの中へしゃがみに行った　つかのま
ああそこはだめ　声として　届かず
靴底は踏み潰し　蹴り上げ
そうとはしらず　小枝　草の蔓で作りかけの
彼女のベッド　テーブル　鏡台　人形の家
そうとはしらずに　彼の顔付きはいっぺんに
瓦解した　あたしはやぶの巣の中から
みていました

竹に占領されたこの土地に　わたしたちの仲間は
ほとんどそだたない　わたしたちは竹林と外との
境にひっそり循環する　あるとき
おんなの手が仲間を　ひきちぎり　みるみる
無残なかたちに加工していった　わたしたちは
ふるえていた　おんなは　再度　結界を越えて
侵入して来るところが今度は　その股間を
ひろげて　めぐみのあめ　きんのあめを　一族に
そそいだのだ　それは　どういうことなのか

いま　ここで
悪い事があったのかも　けれど
知ることはできず
早めに散歩を切り上げる　猫を
無理に引いて戻って来ると
アサガオはやっぱり咲いていていてあおく
竹林の腫れを　あおく冷やした

「アサガオのあおいろが　かさぶたのように／はがされ」というから、アサガオがドライフラワーになったというのだろうか、受け身にならず、それを情念のなかに取り入れていって、自分の回路を鮮明に書いていて、先の詩とはまた違った面白さがある。猫に鈴をつけるのは飼い猫なら取り立てて言うべきことではないが、紐をつけて、犬が散歩をするように歩かせるなど考えられない。猫の習性で言えば人の前を直線では歩けない。暴れるか、横道に逸れてどこかへ行こうとする。ただし詩のなかの猫ならこれでいい。所詮、詩は作り物だ。選挙の当確のニュースを小耳にはさみながら、献血をしたり、日常の出来事から、詩のなかの猫を前へ前へと進行させながら、また女の子を竹やぶに連れ込んで悪いことをした（しようとした）年取った悪い男。そう思って読んでいくと、やぶのなかへしゃがみこみにいったのは「その股間を　ひろげて　めぐみのあめ　きんのあめ」というから、やぶのなかにおしっこをしに行っていたというはぐらせ方、気を持たせながら、緊張感を持続させる手法は見事だ。長い詩を全文引いたのは、この詩の構造が、二字落とした三、四、五連でひとつの物語りを作り、一、二、六連の物語りの入れ子型に仕立てているのがよく見えて面白いと思ったからである。アサガオを入れる構造、アサガオの青い色で変化をつけながら読者を運び込むその語り口もしなやかで魅力的だ。蜂飼耳の詩は散文の量が豊富で、物語り（ドラマ）があり、それは直線的ではない。くにゃくにゃと曲線状に進行させたり、飛躍やどんでんがえしでテンポをつける。この手法を彼女はどうして手にいれたのか、などと思っていたとき、たまたま見つけたのが「現代詩手帖」二〇〇九年九月号の特集「ゼロ年代詩のゆくえ」だった。ここに「突破口はどこにあるか――ゼロ年代の詩意識を問う」という誌上座談会があり、ゼロ年代詩人だという水無田気流、中尾太一、蜂飼耳、岸田将幸、佐藤雄一が登場している。詩と小説の境についての話になったとき、伊藤比呂美の詩集『河原荒草』を例に挙げての蜂飼耳のつぎの発言に興味を持った。

小説と詩あるいは散文詩の境界が浸潤しあっている言葉の動きは、いま非常に興味深い段階に入ってきていると思います。むずかしいけれど、そこを考えることは絶対に必要ですね。私が小説と言われる形態のものをどうして書くかと言うと、私にとっては詩が何かというのを考えるためなんです。別のジャンルのものをやっているというのではないんですよ。なぜそれを考えないといけないのかと言うと、口語自由詩には定義がないでしょう。定型詩みたいな決まりごとはない。どの個人が書こうとしても、これは日本の詩の宿命なんですが、そこが出発点なんです。（略）定義のない日本語の詩のなかで何が詩かといったら、結局は、書かれた一篇ごとの言葉の姿が、そこのところを表しているのだと思います。（略）詩って何だろうと考えたとき、先に出たたとえば「慎ましさ」とか「衰弱」とか、それはその詩のモチーフでありテーマとも言えるものですよね。そこを考えると同時に必要なのが、日本語の言葉で、活字として出てくる書き表された姿が何なのか、その枠と限界は何かということです。そこを考えるときには、文章というものを考えざるを得ない。詩という前提に立ってしまうと、あたかも詩には守られた枠があるような気がしてしまいますが、そんなはずはない。いまいったことを考え実行するのは、エネルギーのいることだし、むずかしいことだけれど、散文と詩と言われるものの接線を常に見ていかなければ、詩という言葉の枠内での展開になりつづける。答えがあるわけではないという意味において負け戦かもしれないことだけれど、境目を考えつづけるというのが、私にとって興味のある点のひとつです。

発言自体は蜂飼耳がはじめて言っていることではない。「小説の富を奪回せよ」というのはすでに繰り返しさまざまな人から言われてきたテーマでもある。けれどもここには現代詩が宿命として口語自由律で書かれることへの大事な問題が前提に認識されている。つまり自分の考える詩とはなにかという思いがしっかり発言されている。伊藤比呂美の詩集『河原荒草』を小説ではないかという人がいるというが、そういう読み手がいてもそれはそれでかまわない。詩と小説、あるいは詩と散文というようにくっきりと境界線をひいてジャンルでわけていいかどうかということ、「散文と詩と言われるものの接線を常に見ていかなければ、詩という言葉の枠内での展開になりつづける」と蜂飼の言う、ここでの「接線」は「境界」あるいは「はざま」と言ってもいいだろう。そういった「境界」を詩人が設けてしまうと詩の言葉は小さく貧弱になるのではないかという懸念が語られている。それではここで話題になっている伊藤比呂美の『河原荒草』から「わけ入る」の部分を見てみよう。

雲が動いた、ときどきぴかっと光った、雨雲かもしれなかった、
星の出るころまで私たちが外で遊んでいると、
闇がおりてきて草は見えなくなって、
白い花、ゴミの紙、白い靴、白いものだけ浮かびあがって、
ゴイサギがふわりと飛んで、
カモが飛んで、コウモリが飛んで、
なにもかもがその時間は宙を飛んだ、
水面の近くでちろちろ光った、
焼き場がそこにある、
高い煙突がある、
煙の出る日と出ない日がある、
あまった骨は河原にまいて捨てる、人体のリンがちろちろ燃える、
前に〈学校〉でだれかがいってた話だ、
それでそのとき、夕闇の河原で、
ちろちろ光るものを見ながら、
あ、ほら、人の指、

とアレクサがいった、
え、どこどこ、
と弟はたちまち涙をぽろぽろこぼして、
ばかやろうもうそういうことといわないって約束したじゃん、
と遠くへ走っていって、
悪態をついた、アレクサは笑った、
アレクサはいじわるだ、
弟を泣かし、
妹も泣かす、

小さい妹が絵を描く、いつも同じ絵を描く、おうちの絵、それでそのとき、おまえのおうちは焼き場にそっくりだといってアレクサが笑った、屋根と煙突の赤い家の前で、四人の家族がにっと笑っている、おとうさんとおかあさんとねえちゃんとにいちゃん、アレクサはいなかった、おかあさんとねえちゃんとにいちゃんは、クモみたいな手足をはやしてにっと笑っている、一人だけ横になってにっと笑っている、それが父だ、母が大事にひきずっている死骸の父だ、妹は死骸がうまく描けなくて、ただ、横にしてある、クモみたいな手足でにっと笑っている、詩集は十八篇の長篇叙事詩から成る。先にも言ったとおり小話、掌篇小説と読んでも面白いが、この作品、散文詩にしたり行分け詩にしたり「河原」という詩のトポスを取り入れながら、日本からアメリカへ。詩には作中人物としての母、長女である私、その弟、妹やパートナーの男や死骸の父などを登場させて物語りは進行し、一気に最後まで引っぱっていく迫力がある。伊藤比呂美が自分の生活、その体験、そこでの生と死についての思いなどを詩の言葉にするとき、その言葉は言葉を生み、どんどん増殖されて読み手はそこにはまってしまう。その言葉はつよい。そして詩か小説かといったジャンルを取っ払っている。むしろジャンルを拒否していると言うべきか。行分け詩の各行末には読点を打っていて、散文詩も短いセンテンスに読点が打ってあり、必ずしも散文詩にせず、行分け詩にしてもいいし、その逆に、行分け詩をそのまま散文詩にしてもいい。この詩「わけ入る」は一六五行。「小説と詩あるいは散文詩の境界が浸潤しあっている言葉の動きは、いま非常に興味深い段階に入ってきていると思います」という蜂飼耳の発言にも注目したい。現代詩における「境界」とは詩と小説（＝散文）の行き交う場所だから、それが詩になるか散文になるかによってその価値が生じる場所でもある。詩の側から見れば詩（＝散文詩）だし、小説の側から見れば小説（＝散文）ということになる。けれども詩であるためにはやはり条件が要る。詩にはリズムが必要だ。行分けすれば視覚的リズムができる。行の下の空白によって意味を切断したり、意味をずらすこともできる。だから、伊藤比呂美は読点をふんだんに使って、センテンスを短くしている。矢継ぎ早に「あ、ほら、人の指、」とか「え、どこどこ、」というように話体もうまく使っている。

語りを入れて、歯切れのよい、軽快な文体への工夫もある。リズミカルにして詩的な文体にする意図が明白だ。

こういったことを「実行するのは、エネルギーのいることだし、むずかしいことだけれど」と彼女は謙遜して言っているが、本当はちゃんと気づいている。蜂飼耳には『転身』、『おいしそうな草』、『孔雀の羽がみてる』ほかいくつか小説やエッセイがあり、『いまにもうるおっていく陣地』にも入っている詩「転身」と同名の小説にはこんな描写がある。

卵は、一つ。そこには例外というものはなく、数を数える慎重さで一日に一つだけ生むのだ、ヒナコは。卵は毎日、巻尺と秤で計ったように同じ大きさをしていた。それを琉々は、もらい受ける。腹の下をまさぐり卵を盗もうとする琉々の手を、突つこうとしたことさえないのだった。ほんとうはどう思っているか、わからない。怒っているのか、それとも気にしていないのか、わからなかった。

小鍋に水を入れる。水のうちから卵を沈めて、茹ではじめる。鍋の底でぽくぽくと踊るうちに、あおざめたような卵の表面には罅が入る。今日も。と、琉々は鍋の底から湧き上がる泡の向こうに罅を見て、息をつく。いつまでたっても、罅のない茹で卵を作ることができないのだった。

琉々というのは主人公の女の子でヒナコはベランダで飼い始めた鶏の名前だ。初めてこの小説を読んだとき、やたらに句読点が多く、これは若者の話し言葉だろうか。かつて全共闘が「我々は～」で区切るようにしてアジテーションしていたのと似ていると思って面白かったが、蜂飼耳は大真面目で、なぜ小説やエッセイを書くかと言えば、そこには詩とは何かという命題について考えたいからだと言っている。小説の側から詩を見たらどうなるか、散文詩は詩の側から小説に近づいていけばどうなるか、などといった試みのために書いていると言うのだ。「卵は、一つ。」とか「それを琉々は、もらい受ける」とか、何もここに読点を打たなくてもいいのにと思うが、伊藤比呂美と同じように句読点をフルに使っている。語またはセンテンスが短いというのは「切れ」の意識だし、モチーフを転換させるということでもあり、これは詩の側のものだ。ここでは詩と散文の境界についての問題に多くを費やしたが、詩を書いていると当然伝統とは何かという問題にぶつかる。言うまでもなく詩の本質は音楽であり、伝統的な短歌や俳句など文語の定型短詩型における韻律について蜂飼耳は考えていないかと言えばそうではない。「現代詩手帖」創刊五十年祭で第二詩集『食うものは食われる夜』の自作詩を朗読した折り、「私は、もともと日本の神話というものを専攻し、いろいろ考えてみようとしていたので、日本語で書くということをもう一度考えたいと思いました。戦後一時期、七五調や五七調というような古い日本の韻律というものが、体制的なものとくっついているとして否定されたり、考えなしのように否定的な見方をされたこともあったし、その影響が続いているかもしれないですが、やはり自分が日本で生まれて、日本語で書いていて、この先も日本語で書いていくということを考えたときには、そのひとつひとつの言葉がいったいどんな歴史、すなわち人々の生きてきた重みを負っているのか、そのあたりに比重をかけて考えて詩を書きたいと思ったんです」とスピーチしており、むしろ言葉について伝統から学びながら未来にむけてしっかり書いていきたいという思いも伝わってくる。

ところで、ここまで私は「ラ・メール」以後、とりわけ一九九九年、まさに二十世紀末に出された第一詩集にこだわって書いてきた。世紀をまたいでの若い詩人の登場という意味での興味もあった。二十世紀と言えば前半は戦争で、男社会のなかにあり、後半は民主主義のなかに女性解放があり、とりわけ一九六〇年代後半から七〇年代前半にかけては男性と対等の地位を求めて、女性の権利を獲得しようと活発なウーマン・リブの運動があった。女性もそれぞれに能力があれば、優れた個性は認めていこうというように、こういった発想によって、女性の「個」の影響が強くなった。そのあとに優れた個性のひとりとして出てきたのが蜂飼耳だ。はじめに私は彼女が未来にむけての可能性を持っている詩人かどうかと書いたが、蜂飼耳は北川透『現代詩論集成1　鮎川信夫と「荒地」の世界』の「栞」を書いている。六〇〇ページに近いこの大冊をゲラの段階で読んでみごとに鮎川信夫と「荒地」の世界を追体験している。ほかにも依頼原稿が多く来ており、彼女はそのひとつひとつに誠実に応えながらインパクトに変えていく。こういったチャンスに恵まれるのも才能だし、それに誠実に応えながら、文学表現にぶつかって、そこを越えていくという意味ではしたたかで、未来にむけての詩人としての可能性は充分あると思いたい。

それにしても、二十一世紀というこの時代、この稿でのサブタイトルにもしたように、私から見れば、やはり、「新世紀へ」だ。同性婚なども議論され始めているが、そこだけとってもまだ混沌期だ。今若い詩人の詩は一般的に冗舌型だ。ここにはいくら表現しても浄化作用にならず、鬱積したものが自分のなかに残っている。そこで安心できないから書く。結婚して子どもができて、いい家庭に恵まれ、自分の能力を生かした仕事をしていてもまだハッピーという安心感が持てない。考えてみればこの蜂飼耳らの時代は、テレビも電化製品も便利なパソコン、インターネットもすべて与えられたものばかりではないか。だから、私が生きているというアクセントを考えられなくなったとも言える。書いても書いても、満足できないから、フレーズがフレーズを生むという自動記述法を、夢ではなく意識の世界でその世界を記録しようとする。詩はこれからどこへ行こうとするかなんて大それたことを心配しているのではない。ただ、これはもうずっと以前の戦後のことになるが、伊藤整が『作家論』のなかで昭和初期の小説のモダニズムについて語っているなかに、横光利一らの新感覚派はその時代精神の文学における反映という意味を持っていたとして、「明治以来日本の近代文学はヨーロッパの近代文学をシェークスピア時代から十九世紀末まで、ほとんど手あたり次第に取り入れて養ひとして来た。その当時の日本文学者にとつては、「西洋」といふものは存在したが、西洋文化の時代の推移の観念は明確に存在せず、また特に「現在の西洋文学」といふ観念は存在しなかつた。十九世紀のヨーロッパ文学が漠然と現代文学と考へられてゐた。それが、この頃にその現代のヨーロッパ文学が大戦後突然に変つたことを実感し、それによつて、我々日本文学者もまた、それと応じた「現在」の文学を作らねばならないと意識したやうである。その意識を持つた時に、日本の文学者は色々な錯誤や飛躍をしながらも、はじめてヨーロッパと同じ「今」の観念に立つて制作するに至つたのである」と述べていたのを、何言うともなく思いついた。この引用をとおして言えるのは、蜂飼耳のような若い女性詩人たちが確かな批評の言葉を持ち、女性が「現在」の女性の詩を対象にみずからの表現論を組み立てる時代が本格的にやってきたのではないかとの思いである。女性の詩が優れた批評家である男性詩人らによって批評論評された時代が長くあったが、蜂飼耳のように伊藤比呂美の詩をしっかり読み込んで批評を試みているのをみるにつけても、同世代の女性の詩を通して同時代表現法として相互批評をする、堂々と男性のなかに混じって座談会や対談で発言をする、そんな時代が今来ているという確かな手応えを私は感じる。もうここで「女性詩」とか「女性詩人」という言葉を本当の意味での死語にしたい。そんなこれからの時代、その詩の新しいイメージを私は今嚙みしめている。

あとがき

思えば最初のこの『私の女性詩人ノート』に収録した十四人の詩人ノートを書き終えたとき、今まで経験したことのない充実した時間を過ごしたという感じと、私自身たくさんのことを学ばせてもらったこともあって、一冊では最後にしたくない、さらに一女性の視点で私なりに葛藤をつづけたい、この一冊は私にとって通過点に過ぎないという思いが残りました。何かたくさんのものを積み残しているという気持ちも強くありました。

二冊目は同時代詩人論として、戦後からの、私と同じ時間、同じ空気を吸いながら生きた時代の先輩詩人たちを軸に書いていきましたが、井坂洋子、伊藤比呂美、倉田比羽子、平田俊子、小池昌代といった私より若い優れた人たちが、時代のなかにあって精いっぱいスリリングな新しい詩について格闘しているのを見たとき、この人たちもひたすら追いかけてみたくなりました。

こうして実際に三冊目となり、結果的に三十八人の女性詩人を書いてきましたが、書き終えて今はただただ夢を見ているような思いがしています。そして女性詩人に限って言えばターゲットの絞り方の難しさも感じました。過去から学ぼうとしていたのに、河津聖恵、日和聡子、蜂飼耳など未来の人へと立ち入らざるを得なくなって、エキス（栄養）をもらおうとして書いてきたというより、立場が変わってきて私の手に負えない未来もあり、そこまで入り込まざるを得なかったということは、過去において女性詩人がやはり少なかったと言えるのではないかと思います。

それにしても私は詩が大好きです。ここに十二人、合わせて三十八人。私のなかでとくに印象に残る詩人とその詩を次の世代の人たちに私なりに申し送りをしたつもりです。どのように読んでくださっても結構です。私の体験を越えて、詩が新しい読者を得て、幅広く読まれることを願ってやみません。

なお、このたびも「イリプスⅡｎｄ」誌上に発表してきました。思潮社編集長の髙木真史さんには大変お世話になりました。いろいろと貴重なアドバイスもいただき、有難うございました。

二〇二三年四月六日

たかとう匡子

たかとう匡子 たかとう・まさこ

一九三九年、神戸市に生まれる。神戸市在住。一九六一年から二〇〇四年まで高校の国語教師。「イリプス」同人。詩集に『ヨシコが燃えた』『神戸・一月十七日未明』『ユンボの爪』『地図を往く』『立ちあがる海』『水嵐』『水よ一緒に暮らしましょう』『学校』(小野十三郎賞)『女生徒』『現代詩文庫・たかとう匡子詩集』など。最新詩集に『耳凪ぎ目凪ぎ』。エッセイ集に『私の女性詩人ノート』『私の女性詩人ノートⅡ』『竹内浩三をめぐる旅』『地べたから視る——神戸下町の詩人林喜芳』『神戸ノート』、絵本に『よしこがもえた』などがある。

私(わたし)の女性詩人(じょせいしじん)ノートⅢ

著者
たかとう匡子(まさこ)
発行者
小田啓之
発行所
株式会社思潮社
〒一六二―〇八四二　東京都新宿区市谷砂土原町三―十五
電話〇三（五八〇五）七五〇一（営業）
〇三（三二六七）八一四一（編集）
印刷・製本
三報社印刷株式会社
発行日
二〇二三年七月二十六日